Zwischen den Zeichen

Hans-Jürgen Quadbeck-Seeger

Zwischen den Zeichen

Aphorismen
über und aus
Natur und Wissenschaft

VCH

Vorwort

Eigentlich hätte dieses Buch nicht entstehen dürfen, und zwar aus zwei Gründen: Zum einen ist eine Sammlung von Aphorismen zum Thema Natur und Wissenschaft ein umfangreiches Unterfangen, das viel Aufmerksamkeit verdient und nicht so neben dem Beruf betrieben werden sollte. Zum anderen ist es ein literarisches Vorhaben, so daß die Frage berechtigt ist, ob es bei einem Naturwissenschaftler in den richtigen Händen liegt.

Was sind nun die Gründe, warum dieses Buch doch entstanden ist? Da ist zunächst eine langjährige Beschäftigung mit diesem Thema, die auf Freude an knapper und präziser Formulierung zurückgeht. So werden seit vielen Jahren Aphorismen zu diesem Thema notiert, wie sie mir auf dem Berufsweg beim Lesen oder bei Vorträgen begegnen. Im Laufe der Zeit entstand ein stattlicher Zettelkasten, der in der Nordecke meines Schreibtisches sein stilles Dasein führte. Lose geordnet, nach einer ganz individuellen Einteilung. Auf eine Übersetzung der englischen Aphorismen wurde verzichtet, um den Originalton zu erhalten. Der Leser wird um Nachsicht gebeten.

Sowohl die Auswahl als auch die Ordnung der Aphorismen sind willkürlich. Jeder andere hätte diese Aufgabe anders gelöst. Aber gerade weil Objektivität nicht möglich ist, hatte ich den Mut zur Veröffentlichung in der vorliegenden Form und Einteilung.

Die Aufarbeitung des „Rohmaterials" ist eine zeitaufwendige Angelegenheit. Gar nicht daran zu denken, sie neben dem Beruf zu bewältigen. Es gab eine unerwartete Lösung des Problems, als meine Tochter Claudia zwischen Abitur und Studium sowie in den ersten Semesterferien einen „Job" suchte, was heutzutage bekanntlich nicht so einfach ist. Das Vorhaben bot sich an. Für die sorgfältige Arbeit beim Schreiben, Sortieren, Registrieren und manche gute Anregung bin ich ihr sehr dankbar. Ebenso dem Verlag und seinem Lektor, Herrn Dr. H. F. Ebel.

Und schließlich gibt es noch den eigentlichen Grund für dieses Buch. Der naturwissenschaftlich-technische Fortschritt in den letzten 200 Jahren hat den Menschen große Lebenserleichterungen gebracht und vielfältige Lebenschancen eröffnet. Noch nie war für so viele Menschen die Lebensqualität so hoch wie in unserer Zeit. Aber wie alles hat auch der Fortschritt zwei Seiten, wer will das bestreiten. Heute werden allerdings die Vorteile als Selbstverständlichkeiten hingenommen, während die ganze Aufmerksamkeit den Nachteilen gilt, für die die Schuldigen gesucht werden. Von Naturwissenschaftlern und Ingenieuren wird weniger die Lösung der Probleme erwartet, sie werden vielmehr als Verursacher der Probleme angesehen. Nicht selten werden sie als engstirnige „Fachidioten" angesehen, die nicht wissen, was sie tun. Dieses Vorurteil breitet sich aus. Der Vorwurf zielt jedoch in mehrfacher Hinsicht in die falsche Richtung. Es ist nicht die Nutzung der Naturgesetze, es sind Sorglosigkeit, Kurzsichtigkeit, oft auch Rücksichtslosigkeit oder gar politischer Mißbrauch, die die Probleme entstehen ließen. Um sie zu vermeiden, brauchen wir einerseits mehr Wissen und zugleich mehr Verantwortung im Umgang damit. Es waren gerade Wissenschaftler, die immer wieder darauf hingewiesen haben. Die zahlreichen Zitate in diesem Buch belegen das.

Hinzu kommt ein Effekt aus der Wissenschaft selbst. Mit dem Fortschritt nehmen auch die Möglichkeiten zu, Probleme frühzeitig zu erkennen. Verunreinigungen werden nicht durch Schreibmaschinen entdeckt, sondern mit Hilfe von hochempfindlichen, wissenschaftlichen Geräten. Und sie werden auch nicht durch Pressekampagnen oder Parteiprogramme vermieden oder beseitigt, sondern durch Forschung und Entwicklung.

Der angebliche Gegensatz, den manche zwischen der Natur und den Naturwissenschaftlern sehen wollen, ist konstruiert. Gerade die Naturwissenschaftler haben ein besonderes Verhältnis zur Natur. Sie nähern sich ihr jedoch nicht nur mit schwärmerischer Liebe – die durchaus auch ihre Berechtigung hat – sondern mit forscherischer Neugier. Es ist schon merkwürdig, wenn die einen, die oft kein einziges Naturgesetz kennen, die anderen, die sich um die Geheimnisse der Natur bemühen, verdächtigen, sie würden die Natur nur ausbeuten wollen. Mehr gegenseitiges Verständnis wäre angebracht. Vielleicht kann diese Sammlung ein wenig dazu beitragen. Wohlwissend und gerade deshalb: „Es ist leichter, ein Atom zu zertrümmern als ein Vorurteil" (Einstein).

Bad Dürkheim, Februar 1988

Hans-Jürgen Quadbeck-Seeger

Inhalt

Einführung

Was ist ein Aphorismus? Darüber ist viel nachgedacht und geschrieben worden, insbesondere von Aphoristikern. Um nicht gleich ins Zitieren zu kommen, sei eine sachlich-nüchterne Definition versucht: Ein Aphorismus ist eine knappe, treffsichere Formulierung eines Gedankens. Der Gedanke selbst kann alles mögliche sein: Eine Wahrheit, aber auch das Gegenteil, es kann eine Bosheit sein, eine Erleuchtung, Zynismus oder auch, und das besonders, eine Lebensregel. Dort nämlich hat er seinen Ursprung.

Es war der geniale griechische Arzt Hippokrates, der diese Technik als erster bewußt einsetzte. Und daher leitet sich der Name auch aus dem Griechischen ab. Die Bedeutung liegt zwischen „aphorao", ich sehe hin, und „aphoristo", ich grenze ab. Man spürt förmlich, es geht um genaue Formulierung. Aber darauf allein kam es Hippokrates nicht an. Er war intuitiv oder durch genaues Beobachten ganz offenbar auf ein besonderes menschliches Phänomen gestoßen. Die Menschen sind in der Lage, sehr kompliziert zu denken; gerade wir modernen Menschen können das überzeugend belegen. Aber als Maximen seines Handelns akzeptiert der Mensch nur ganz einfache Regeln. Vermutlich stecken wir noch in einer Falle unserer Evolution. Praktisch während seiner gesamten Entwicklung – die letzten ein paar tausend Jahre fallen kaum ins Gewicht – hat der Mensch seine Probleme mit einem Universalwerkzeug gelöst, dem Faustkeil. Und geistig ist in ihm dieser Hang zum Einfachen, nämlich zur Faustregel, bis heute lebendig geblieben. Alle Religionsstifter haben das intuitiv erfaßt. Einfacher als die Zehn Gebote geht es fast nicht mehr. Und welch eine Wirkung! Das klägliche Ende der Bibel läßt sich leicht ausmalen, würden ihre Empfehlungen in größeren theoretischen Abhandlungen münden.

Hippokrates war offensichtlich der erste, der das eingängige Prinzip der Faustregeln nicht für das religiöse, sondern für das leibliche Wohl des Menschen nutzte. Um seinen Gesundheits- und Behandlungsratschlägen erfolgreiche Verbreitung zu sichern, faßte er sie in kurze, prägnante Lehrsätze. Diese „Aphorismen", wie er sie nannte, blieben bis weit über das Mittelalter hinaus medizinische Leitsätze, die das ärztliche Handeln bestimmten.

Im Mittelalter war es der scharfsinnige Francis Bacon, der diesen Ansatz wieder aufnahm und ihn in seinen Gedanken zu einer menschenfreundlichen Naturwissenschaft weiterführte. Er war überzeugt, daß der Aphorismus die angemessene Form sei, in der die Prinzipien der Natur gefaßt werden sollten. So ist sein „Novum Organum" eine großartige Sammlung von Aphorismen. Am wirkungsvollsten erwies sich – wenn vermutlich auch nicht in seinem Sinne – seine Aussage „Wissen ist Macht". Bei der seither oft großzügigen Unterstützung von Wissenschaft und Forschung durch die Mächtigen wird man den Verdacht nicht los, daß der Gedanke an erhofftem Machtzuwachs als Motiv zumindest nicht ausgeschlossen werden kann.

Die Entwicklung des Aphorismus ging eigenwillige Wege. Die moralische Zweifelhaftigkeit an den französischen Höfen im 17. und 18. Jahrhundert bewog scharfsinnige Beobachter und kritische Denker, das Rezept des Hippokrates vom leiblichen Wohl auf das moralische zu übertragen. Von den französischen Aphoristikern hat der Herzog de la Rochefoucauld mit seinen Maximen wohl die größte Wirkung ausgeübt. Hauptsächlich allerdings auf die Entwicklung der Aphoristik und leider weniger bei seinen damaligen Adressaten. Viele seiner Aussagen haben zeitlosen Charakter. „Wir machen uns nicht lächerlich durch die Eigenschaften, die wir haben, sondern durch die, die wir haben möchten", mahnt heute noch aktuell eine seiner treffsicheren Erkenntnisse.

In Deutschland setzte Georg Christoph Lichtenberg, Professor für Physik in Göttingen von 1770–1799, Wegweiser und Maßstab. Vorurteilsfreie Analyse und intensive Selbstbeobachtung führten ihn zu scharfsinnig formulierten Erkenntnissen, die er in seinen „Sudelbüchern" festhielt. Erst nach seinem Tode veröffentlicht, wurden sie rasch zu Klassikern der Aphoristik. Manches ging ins deutsche Bildungsgut ein wie seine Bemerkung zur „Experimentalpolitik" der jungen französischen Republik: „Ich kann freilich nicht sagen, ob es besser werden wird, wenn es anders wird; aber soviel kann ich sagen, es muß anders werden, wenn es gut werden soll." Worauf ließe sich diese Aussage nicht anwenden?

Gegen Ende des 18. und vor allem im 19. Jahrhundert gehörte das Abfassen von Aphorismen unter Dichtern und Denkern geradezu zum guten Ton. Neben dichterischer Erbauung und belehrender Unterweisung finden sich viele Beispiele der Beschäftigung mit der Natur in dieser Form. Da die Ausbildung in den Naturwissenschaften erst in den Anfängen steckte, fand die Auseinandersetzung mit den Phänomenen der Natur häufig auf philosophischer Ebene statt. Sie führte oft nicht nur zu tiefen Erkenntnissen, sondern auch zu zeitlosen Formulierungen. Eine ganze Reihe wurde in die Sammlung aufgenommen. Aufgrund der vielfältigen Interessen und der Formulierungskraft ragt Goethe dabei besonders heraus.

Es wäre interessant, die Geschichte der Aphoristik weiterzuverfolgen, wie sie sich verästelt in kritische Ironie, in weltanschauliche Kritik, oder sich verliert in übermütiger Wortspielerei, oder als Graffiti neue Popularität gewinnt. Dafür ist hier nicht der Ort.

Vielmehr soll auf ein anderes Phänomen hingewiesen werden. Bei der Durchsicht der Namen fällt die Vielzahl auf. Das muß mehr sein als Zufall. Viele Naturwissenschaftler, insbesondere die großen, scheinen sich gerne des Aphorismus bedient zu haben. Vermutlich fördert der Umgang mit der Natur diese Denk- und Ausdrucksweise. Denn was ist ein Naturgesetz anderes, als die kürzeste und prägnanteste Fassung eines Naturphänomens. Wer darin geschult ist, wird auch geneigt, seine Gedanken über die Natur ähnlich zu formulieren.

Zum Schluß noch ein Wort zum Gebrauch dieses Buches. Natürlich soll es als Quelle dienen für Zitate und Formulierungen. Es will auch belegen, daß Naturwissenschaftler sich nicht nur mit der Natur beschäftigen, sondern daß gerade sie besonders intensiv über die Natur nachdenken. Als Leseanleitung mag ein Rat von Fürst von Ligue dienen: „Will man ein Aphorismenbuch lesen, ohne sich zu langweilen, so soll man es auf gut Glück aufschlagen, es weglegen, wenn man Interessantes gefunden hat, und nachdenken". Dann entfaltet es seine Wirkung im Sinne von Georg Christoph Lichtenberg: „Ich vergesse das meiste, was ich gelesen habe, so wie das, was ich gegessen habe. Ich weiß aber soviel: Beides trägt nichtsdestoweniger zur Erhaltung meines Geistes und meines Leibes bei".

Die Arbeit ist jene Sprache, auf die die Natur antwortet.

Stanislaw Brzozowski

Freiheit in der Forschung besteht darin, daß es jedem erlaubt ist, mehr zu arbeiten, als verlangt wird.

Feodor Lynen

Alles, was zustande kommt, geht auf Mühe und Notwendigkeit zurück.

Heraklit

Nur auf dem Boden ganz harter Arbeit bereitet sich normalerweise der Einfall vor.

Max Weber

The more we do, the more we can do.

William Hazlitt

Vor den Erfolg setzten die Götter den Schweiß.

Hesiodos

Die Wissenschaft war die größte Leidenschaft meines Lebens ... Ich käme mir vor wie ein Dieb, wenn ich einen Tag verlebt hätte, ohne zu arbeiten.

Louis Pasteur

Zwei Dinge sind zu unserer Arbeit nötig: Unermüdliche Ausdauer und die Bereitschaft, etwas, in das man viel Zeit und Arbeit gesteckt hat, wieder wegzuwerfen.

Albert Einstein

Alle Großen waren Arbeiter, unermüdlich nicht nur im Erfinden, sondern auch im Verwerfen, Sichten, Umgestalten, Ordnen.

Friedrich Nietzsche

Ich hielt es für besser, etwas zu leisten, als nichts zu versuchen, weil man nicht alles leisten kann.

Alexander von Humboldt

Alles selbst machen zu wollen, ist das Kennzeichen des Unbegabten.

Richard von Schaukal

If my doctor told me I had only six months to live, I wouldn't brood. I'd type a little faster.

Isaac Asimov

Das Wort „Schwierigkeit" muß gar nicht für einen Menschen von Geist als existent gedacht werden, weg damit.

Georg Christoph Lichtenberg

Genius begins great works; labor alone finishes them.

John Dryden

Nicht was er mit seiner Arbeit erwirbt, ist der eigentliche Lohn des Menschen, sondern was er durch sie wird.

John Ruskin

Es gibt Leute, die glauben, alles wäre vernünftig, was man mit einem ernsthaften Gesicht tut.

Georg Christoph Lichtenberg

Schwierige Dinge sollte man sofort erledigen, unmögliche Dinge ein wenig später.

Fridtjof Nansen

Work expands so as to fill the time available for its completion.

Cyril Northcote Parkinson

Für die Mehrheit der Menschen ist die Arbeit die einzige Zerstreuung, die sie auf Dauer aushalten können.

Dennis Gabor

Forschung ist, zu sehen, was jeder schon gesehen hat, und zu denken, was noch niemand gedacht hat.

Albert von Szent-Györgyi

Denken ist interessanter als Wissen, aber nicht als Anschauen.

Johann Wolfgang von Goethe

Der Mensch ist geboren, um zu denken.

Blaise Pascal

Viel Denken, nicht viel Wissen soll man pflegen.

Demokrit

Ich denke, also bin ich.

Descartes

Denken ist Reden mit sich selbst.

Immanuel Kant

Kenntnisse kann jedermann haben, aber die Kunst zu Denken ist das seltenste Geschenk der Natur.

Friedrich der Große

Denken und Wissen sollten immer gleichen Schritt halten. Das Wissen bleibt sonst tot und unfruchtbar.

Wilhelm von Humboldt

Denken ohne Erfahrung ist leer, Erfahrung ohne Denken ist blind.

Immanuel Kant

Nur der Denkende erlebt sein Leben,
an Gedankenlosen zieht es vorbei.

Marie von Ebner-Eschenbach

Zum Denken sind wenige Menschen geneigt, obwohl alle zum Rechthaben.

Arthur Schopenhauer

Denken ist schwer, darum urteilen die meisten.

Carl Gustav Jung

Wissenschaftliches Denken erfordert immer einen weiten Abstand und eine scharfe Trennung des denkenden Subjekts von dem gedachten Objekt.

Max Planck

Es liegt eben in der menschlichen Natur, vernünftig zu denken und unlogisch zu handeln.

Anatole France

Einer zeugt den Gedanken, der andere hebt ihn aus der Taufe, der dritte zeugt Kinder mit ihm, der vierte besucht ihn am Sterbebett, und der fünfte begräbt ihn.

Georg Christoph Lichtenberg

Gedanken, die schockweise kommen,
sind Gesindel. Gute Gedanken erscheinen
in kleiner Gesellschaft.
Ein göttlicher Gedanke kommt allein.

Marie von Ebner-Eschenbach

Wer nicht gelegentlich auch einmal kausalwidrige Dinge zu denken vermag, wird seine Wissenschaft nie um eine neue Idee bereichern können.

Max Planck

Wer zur Quelle gehen kann, gehe nicht zum Wassertopf.

Leonardo da Vinci

Das menschliche Denken ist wie eine trübe Flüssigkeit, die sich im Laufe der Jahrhunderte langsam klärt.

Christian Morgenstern

Wer ein Argument vorträgt und sich dabei auf eine Autorität beruft, verwendet nicht seine Intelligenz; er setzt lediglich sein Gedächtnis ein.

Leonardo da Vinci

Denken lernt man nicht an Regeln zum Denken, sondern an Stoff zum Denken.

Jean Paul

Most people would rather die than think: many do.

Bertrand Russell

Es gibt keinen Ausweg, den ein Mensch nicht beschreitet, um die tatsächliche Arbeit des Denkens zu vermeiden.

Thomas Alva Edison

Denken ist die schwerste Arbeit, die es gibt. Das ist wahrscheinlich auch der Grund, daß sich so wenig Leute damit beschäftigen.

Henry Ford

Die Maschine wird alles tun können, sie wird alle Probleme, die man ihr stellt, lösen können, aber sie wird niemals ein Problem zu stellen vermögen.

Albert Einstein

Achte auf Deine Gedanken! Sie sind der Anfang Deiner Taten.

Chinesische Weisheit

Ein Standpunkt ist ein Gesichtskreis vom Radius Null.

David Hilbert

Aus jeder Situation gibt es mehrere Ausgänge – nur auf verschiedenen Ebenen.

Wieslaw Brudzinski

Dies ist die bitterste Pein unter Menschen: Einsichten zu haben, aber keine Macht.

Herodot

Wenige sind imstande, von den Vorurteilen der Umgebung abweichende Meinungen gelassen auszusprechen; die meisten sind sogar unfähig, überhaupt zu solchen Meinungen zu gelangen.

Albert Einstein

Denken ist „Hantieren im Vorstellungsraum".

Konrad Lorenz

Am Anfang gehören alle Gedanken der Liebe. Später gehört dann alle Liebe den Gedanken.

Albert Einstein

If I have been able to see farther than others,
it was because I stood on the shoulders of giants.

Isaac Newton

Erfolg hat nur der, der etwas tut, während er auf den Erfolg wartet.

Thomas Alva Edison

Genie ist ein Prozent Inspiration und 99 Prozent Transpiration.

Thomas Alva Edison

Nichts ist überzeugender als Erfolg.

Leopold von Ranke

Genie ist ewige Geduld.

Michelangelo

Das Geheimnis des Erfolgs ist die Beständigkeit des Ziels.

Benjamin Disraeli

Die Natur schafft die Begabung, und das Schicksal hebt sie heraus.

François de la Rochefoucauld

Es gibt viel mehr Leute, die freiwillig aufgeben, als solche, die echt scheitern.

Henry Ford

Lieber keinen Erfolg, als keinen Entschluß.

Karl Heinrich Waggerl

Langfristig ist man nur erfolgreich, wenn man weiß, warum man erfolgreich ist.

Rupert Lay

Unsere Aufgabe im Leben ist es nicht, Erfolg zu haben, sondern unsere Mißerfolge guten Mutes zu ertragen.

Robert Louis Stevenson

In jedem Beruf ist der erste Schritt zum Erfolg, sich dafür zu interessieren.

William Osler

Show me a thoroughly satisfied man and I will show you a failure.

Thomas Alva Edison

Auch eine Enttäuschung, wenn sie nur gründlich und endgültig ist, bedeutet einen Schritt vorwärts.

Max Planck

Ein Mann mit einer neuen Idee ist unausstehlich, bis er der Idee zum Erfolg verholfen hat.

Mark Twain

Der Erfolg ist Gewürz, nicht Speise.

Hans Kasper

If A equals success, then the formula is $A = X + Y + Z$. X is work, Y is play, Z is keep your mouth shut.

Albert Einstein

Wer sich die Steine zurechtlegen kann, über die er stolpert, hat Erfolg in den Naturwissenschaften.

Erwin Chargaff

Erfolg kann auch durch die Schmeicheleien, die er mit sich bringt, verdummend wirken.

Hans Selye

The difference between failure and success is doing a thing nearly right and doing a thing exactly right.

Edward Simmons

Zum Erfolg braucht der Forscher die vier großen „G": Geist, Geduld, Geld und Glück.

Paul Ehrlich

Holzhacken ist deshalb so beliebt, weil man bei dieser Tätigkeit den Erfolg sofort sieht.

Albert Einstein

No amount of experimentation can ever prove me right; a single experiment can prove me wrong.

Albert Einstein

Eine kluge Frage ist die Hälfte der Weisheit.

Francis Bacon

Zuerst die Ideen machen den Experimentator zum Physiker, den Chronisten zum Historiker, den Handschriftenexperten zum Philologen.

Max Planck

Nur ein Narr macht keine Experimente.

Charles Darwin

Für das Können gibt es nur einen Beweis, das Tun.

Marie von Ebner-Eschenbach

Das Nachahmen ist allezeit, wie mich dünkt, eine sehr nützliche Sache.

Georg Christoph Lichtenberg

Die klugen Menschen suchen sich selbst die Erfahrungen aus, die sie zu machen wünschen.

Aldous Huxley

Zuerst die Beobachtungen und der Versuch, dann das Denken ohne Autorität, die Prüfung ohne Vorurteil!

Rudolf Virchow

Eine schlecht beobachtete Tatsache ist tückischer als ein falscher Schluß.

Paul Valéry

Erfahrung ist nicht das, was mit einem Menschen geschieht, sondern das, was er daraus macht.

Aldous Huxley

Ein Problem wird nicht im Laboratorium gelöst, sondern in irgendeinem Kopf.
Die ganze Apparatur dient nur dazu, diesen Kopf so weit zu drehen, daß er die Dinge richtig sieht.

Charles Kettering

Der Mensch muß sich stets auf neue Überraschungen gefaßt machen.

Max Planck

Murphy's Laws:
(1) Nothing is as easy as it looks.
(2) Everything takes longer than you think.
(3) If anything can go wrong, it will.

Zugeschrieben Capt. Ed Murphy

Der Wissenschaftler hat die Aufgabe, Probleme zu lösen, nicht nur mit ihnen zu kämpfen.

Peter Medawar

Die Chemiker müssen Sehtiere sein! Die Augen sehen nichts, was im Geiste nicht vorher gedacht worden ist.

Justus von Liebig

Ein Naturwissenschaftler muß immer gut beobachten und sich dann an der richtigen Stelle wundern.

Werner Fischer

Wer recht erkennen will, muß zuvor in richtiger Weise gezweifelt haben.

Aristoteles

Mens agitat molem.

Lateinisches Sprichwort

Verstand besteht nicht nur im Wissen, sondern auch in der Fähigkeit, das Wissen in der Tat anzuwenden.

Aristoteles

Schöpferische Menschen haben ein unersättliches Bedürfnis nach geistiger Tätigkeit, denn sie haben Geschmack an den großen Abenteuern des Geistes gefunden.

Hans Selye

Nichts ist menschlicher als zu überschreiten, was ist.

Ernst Bloch

Die Neigung der Menschen, kleine Dinge für wichtig zu halten, hat sehr viel Großes hervorgebracht.

Georg Christoph Lichtenberg

An expert is one who knows more and more about less and less.

Nicolas Murray Butler

Wie nah wohl zuweilen unsere Gedanken an einer großen Entdeckung hinstreichen mögen.

Georg Christoph Lichtenberg

Der Naturforscher zerbricht die Perle, um den Sand zu analysieren.

Erwin Chargaff

Wenn jemand etwas sehr gerne tut, so hat er fast immer etwas in der Sache, was die Sache selbst nicht ist.

Georg Christoph Lichtenberg

We haven't the money, so we've got to think.

Sir Ernest Rutherford

Tu, was du kannst, mit dem, was du hast, dort, wo du bist.

Theodore Roosevelt

Wo deine Gaben liegen, liegen deine Aufgaben.

Deutsches Sprichwort

Qualität steckt jene an, die ihr gewachsen sind – die anderen schreckt sie ab.

Hubert Markl

Only a mediocre person is always at his best.

Somerset Maugham

Keine Gnade mehr mit denen, die nicht geforscht haben und doch reden.

Bert Brecht

In scientific work, those who refuse to go beyond fact rarely get as far as fact.

Thomas Huxley

Davy auf die Frage, welche seiner Entdeckungen er für die wichtigste halte:
„Die Entdeckung von Michael Faraday".

Sir Humphry Davy

In jeder Fakultät sollte wenigstens ein recht tüchtiger Mann sein. Wenn die Scharniere von gutem Metall sind, so kann das übrige von Holz sein.

Georg Christoph Lichtenberg

Das Glück besteht darin, daß man dort steht, wo man seiner Natur nach hingehört.

Theodor Fontane

Alle Mittel bleiben nur stumpfe Instrumente, wenn nicht ein lebendiger Geist sie zu gebrauchen versteht.

Albert Einstein

Er erklärte, wer zwei Maiskolben oder zwei Grashalme auf einem Stück Boden wachsen lassen könne, wo bisher nur einer gewachsen sei, würde mehr für die Menschheit tun und seinem Land einen größeren Dienst erweisen als alle Politiker miteinander.

Jonathan Swift

Gute Technik ist organisierte Wissenschaft.

Carl Bosch

Technik ist die Anstrengung, Anstrengungen zu vermeiden.

Ortega y Gasset

Die Industrie eines Landes wird niemals eine international leitende Stellung erwerben und sich erhalten können, wenn das Land nicht gleichzeitig an der Spitze des naturwissenschaftlichen Fortschritts steht.

Werner von Siemens

Es ist nicht genug zu wissen, man muß auch anwenden; es ist nicht genug zu wollen, man muß auch tun.

Johann Wolfgang von Goethe

Wenn du fragst, was rechtes Wissen sei, so antworte ich, das, was zum Handeln befähigt.

Hermann Ludwig von Helmholtz

Es gibt keine „angewandten" Wissenschaften, sondern nur Anwendungen von Wissenschaft.

Louis Pasteur

Ich kenne keinen Unterschied zwischen reiner und angewandter Forschung, ich kenne nur einen zwischen guter und schlechter Forschung.

Robert Burns Woodward

Ideen halten sich nicht. Es muß etwas mit ihnen getan werden.

Alfred North Whitehead

Jedes Ding wird mit mehr Genuß erjagt, als genossen.

William Shakespeare

Was man mühelos erreichen kann, ist gewöhnlich nicht der Mühe wert, erreicht zu werden.

Sprichwort

„Erfinden" ist halt doch viel schöner als „Erfunden haben".

Carl Benz

Erfinden ist eine weise Antwort auf eine vernünftige Frage.

Johann Wolfgang von Goethe

Investierung in Wissen zahlt die besten Zinsen.

Benjamin Franklin

There is a way of doing it better, find it.

Thomas Alva Edison

Invention is bringing out the secrets of nature and applying them for the happiness of man.

Thomas Alva Edison

Die Forschung ist die einzige Form, in Deutschland noch auswärtige Politik zu treiben.

Max von Laue

Nature, to be commanded, must be obeyed.

Francis Bacon

Wir müssen an die Anfänge zurückgehen, wenn wir wollen, daß wir etwas verstehen.

Aristoteles

Wir sind nichts, was wir suchen ist alles.

Novalis

Der Haupt-„Zweck" der Grundlagenforschung ist so wie der einer Rose, eines Liedes oder einer schönen Landschaft, daß wir sie genießen.

Hans Selye

It appears incredible that any such discovery should be made, and when it has been made, it appears incredible that it should so long have escaped men's research.

Francis Bacon

Forschung – das bedeutet, in das Unbekannte eindringen. Wenn wir vorher wissen, was wir dort finden werden, dann handelt es sich nicht um Forschung, sondern nur um eine Art ehrwürdiger Beschäftigung.

Albert von Szent-Györgyi

Zuletzt entspringt alle wissenschaftliche Forschung dem Nährboden der Eingebung, der Vision.

Albert Einstein

Novelties come from previously unseen association of old material. To create is to re-combine.

François Jacob

Man muß etwas Neues machen, um etwas Neues zu sehen.

Georg Christoph Lichtenberg

Das Auge ist das Organ der Weltanschauung.

Alexander von Humboldt

Wir sehen, was wir wissen, daß wir sehen.

Erwin Chargaff

Mir kommen die Wege, auf denen die Menschen zur Erkenntnis gelangen, fast ebenso bewunderungswürdig vor wie die Natur der Dinge selbst.

Johannes Kepler

Meine Ergebnisse habe ich schon, ich weiß nur noch nicht, auf welchem Wege ich zu ihnen gelangen werde.

Friedrich Gauß

If we begin with certainties, we shall end in doubts; but if we begin with doubts, and are patient in them, we shall end in certainties.

Francis Bacon

Zweifel ist keine angenehme Voraussetzung, aber Gewißheit ist eine absurde.

Voltaire

A fact in science, is not mere fact, but an instance.

Bertrand Russell

All exact science is dominated by the idea of approximation.

Bertrand Russell

Willst du dich am Ganzen erquicken, so mußt du das Ganze im Kleinsten erblicken.

Johann Wolfgang von Goethe

Man muß versuchen, bis zum Äußersten ins Innere zu gehen. Der Feind des Menschen ist die Oberfläche.

Samuel Beckett

Es gibt zweierlei Arten von Neugier:
die eine aus Eigennutz, die uns antreibt zu erfahren, was uns nützen kann; die andere aus Stolz, die dem Trieb entspringt, zu wissen, was andere nicht wissen.

François de la Rochefoucauld

Es gibt kein größeres Hindernis des Fortgangs in den Wissenschaften als das Verlangen, den Erfolg davon zu früh verspüren zu wollen.

Georg Christoph Lichtenberg

Wer bei der Verfolgung der Wissenschaften nach unmittelbarem Nutzen jagt, kann ziemlich sicher sein, daß er vergebens jagen wird.

Hermann von Helmholtz

Die Wissenschaft gleicht einem Baum. Natürlich soll dieser Früchte tragen, aber daraus folgt nicht, daß man auf die Blätter verzichten kann, nur weil sie nicht geerntet werden können.

Hubert Markl

Forschung auf dem Gebiet der angewandten Wissenschaft führt zu Reformen; Forschung auf dem Gebiet der reinen Wissenschaft führt zu Revolutionen.

Joseph J. Thomson

Die Physik beschreibt nicht die Natur. Die Physik beschreibt das Regelmäßige der Ereignisse und nichts anderes!

Eugene P. Wigner

Ausnahmen sind nicht immer Bestätigung der alten Regel; sie können auch die Vorboten einer neuen Regel sein.

Marie von Ebner-Eschenbach

The assumptions that underlie a research project are far more interesting and far more important than anything actually done in research itself.

Norbert Wiener

Es gibt wenig Dinge, die an sich unmöglich sind: ihr Gelingen scheitert öfter an unserem Mangel an Ausdauer, denn am Fehlen der Mittel.

François de la Rochefoucauld

To study the abnormal is the best way of understanding the normal.

William James

In all affairs it's a healthy thing now and then to hang a question mark on the things you have long taken for granted.

Bertrand Russell

In den Naturwissenschaften ist die zappelnde Fliege oft der einzige Beweis für die Existenz eines Spinnennetzes.

Erwin Chargaff

Wer von einer geistlosen und rohen Materie spricht, der beweist damit nur die Geistlosigkeit und Roheit seiner eigenen Anschauungen von der Materie.

Ernst Haeckel

Not only does science begin in wonder, it also ends in wonder.

Abraham Maslow

Das Erstaunen bleibt unverändert – nur unser Mut wächst, das Erstaunliche zu verstehen.

Niels Bohr

Klug fragen können ist die halbe Weisheit.

Francis Bacon

... wirkliches Neuland in einer Wissenschaft kann wohl nur gewonnen werden, wenn man an einer entscheidenden Stelle bereit ist, den Grund zu verlassen, auf dem die bisherige Wissenschaft ruht, und gewissermaßen ins Leere zu springen.

Werner Heisenberg

Ein großer Teil des Fortschreitens besteht darin, daß wir fortschreiten wollen.

Lucius Annaeus Seneca

Wo damals die Grenzen der Wissenschaft waren, da ist jetzt die Mitte.

Georg Christoph Lichtenberg

Alle großen Erfindungen, allen großen Werke sind das Resultat einer Befreiung; die Befreiung von den Routinen des Denkens und Tuns.

Arthur Koestler

Die größten Dinge in der Welt werden durch andere zuwege gebracht, die wir nichts achten, kleine Ursachen, die wir übersehen und die sich endlich häufen.

Georg Christoph Lichtenberg

Wenn man etwas Neues hat, will niemand davon hören. Dann will es niemand glauben,
man wird bekämpft und verlacht. Wenn es sich aber durchgesetzt hat, erscheint es allen trivial.

Jonathan Swift

Mehrheiten zementieren das Bestehende; Fortschritt ist nur über Minderheiten möglich.

Bertrand Russell

Wo aufgeschlossene Geister und bereite Hände existieren, wird es immer Neuland geben.

Charles F. Kettering

Zivilisation ist eine Bewegung und kein Zustand, eine Reise und kein Hafen.

Arnold Toynbee

Nichts auf dieser Welt ist beständig, außer die Unbeständigkeit.

Jonathan Swift

Der Wechsel allein ist das Beständige.

Arthur Schopenhauer

Die Kunst des Fortschritts besteht darin, inmitten des Wechsels Ordnung zu bewahren
und inmitten der Ordnung den Wechsel aufrecht zu erhalten.

Alfred North Whitehead

Fast jeder Fortschritt der Naturwissenschaft ist mit einem Verzicht erkauft worden, fast für jede neue Erkenntnis müssen früher wichtige Fragestellungen und Begriffsbildungen aufgeopfert werden.

Werner Heisenberg

Nichts in der Welt ist stärker als eine Idee, für die die Zeit gekommen ist.

Victor Hugo

Die Lokomotive hat mehr getan, die Menschen zu vereinen, als alle Philosophen, Dichter
und Propheten vor ihr seit Beginn der Welt.

Thomas Buckle

Erkenntnisfortschritt besteht im wesentlichen im Fortschreiten von Problemen zu tieferen Problemen.

Karl Popper

Den Fortschritt verdanken die Menschen den Unzufriedenen.

Aldous Huxley

Und der Fortschritt der Wissenschaft entspricht der Anbringung einer immer größeren Anzahl von zuverlässigen Wegweisern.

Wilhelm Ostwald

Every advance in civilization has been denounced as unnatural while it was recent.

Bertrand Russell

Die Zeit ist immer reif, es fragt sich nur wofür.

François Mauriac

Da der technische Fortschritt im Prinzip nicht vorhersagbar ist, ist es sinnlos, sein Ende zu prognostizieren.

Joseph A. Schumpeter

Jeder Fortschritt beginnt im kleinen, beim Individuum.

Henry Ford

Das Elektron, der wahre Held des Jahrhunderts.

Arthur Eddington

Jedes Werkzeug ist Waffe.

Oswald Spengler

Immer wieder hat sich die Menschheit im Fortschritt der Naturwissenschaft selbst überrascht.

Hans Jonas

Wir leben in einem gefährlichen Zeitalter. Der Mensch beherrscht die Natur, bevor er gelernt hat, sich selbst zu beherrschen.

Albert Schweitzer

Soweit unsere Vernunft ausreicht, kann die Technik gesteuert werden. Die Technik kann aber kein Versagen der Vernunft ausgleichen.

Carl Friedrich von Weizsäcker

Fortschritt – das bedeutet, daß wir unsere alten Sorgen gegen neue eintauschen.

Bertrand Russell

We have modified our environment so radically that we must now modify ourselves to exist in this new environment.

Norbert Wiener

Je moderner die Welt wird, desto unvermeidlicher werden die Geisteswissenschaften.

Odo Marquard

Daß uns die Maschine bequemer machen würde, war vorauszusehen. Neu ist lediglich, daß sie uns zugleich anspruchsvoll macht.

Sigmund Graff

Neue Ideen begeistern jene am meisten, die auch mit den alten nichts anzufangen wußten.

Karl Heinrich Waggerl

Die Erforschung der Krankheiten hat so große Fortschritte gemacht, daß es immer schwerer wird, einen Menschen zu finden, der völlig gesund ist.

Aldous Huxley

Der Versuch, die Kernphysik aus dem Gedächtnis zu löschen, wäre genauso grotesk wie die Vorstellung, man könnte durch Zurückblättern im Kalender ins achtzehnte Jahrhundert zurückkehren.

Edward Teller

Es gibt keine Passagiere auf dem Raumschiff Erde, jeder gehört zur Besatzung.

Marshall Mc Luhan

Progress does not consist in looking for a direction in which one can go on indefinitely. True progress consists in looking for a place where we can stop.

Gilbert Keith Chesterton

The greatest danger in modern technology isn't that machines will begin to think like men, but that men will begin to think like machines.

Edward Weiss

Vita brevis, ars longa.

Hippokrates

Messe alles, und das nicht Meßbare mache meßbar.

Galileo Galilei

Denn was man messen kann, das existiert auch.

Max Planck

Das ist das Haupthindernis:
daß wir schnell mit uns zufrieden sind.

Lucius Annaeus Seneca

Tu' immer recht. Das wird einige Leute dankbar machen und den Rest in Erstaunen versetzen.

Mark Twain

Man reist nicht, um anzukommen, sondern um zu reisen.

Johann Wolfgang von Goethe

Fang nie an aufzuhören. Höre nie auf anzufangen.

Sprichwort

Nicht weil es schwer ist, wagen wir's nicht,
sondern weil wir's nicht wagen, ist es schwer.

Lucius Annaeus Seneca

Halte deinen Geist wach:
denn der geistige Schlaf ist ein Bruder des Todes.

Pythagoras

Das lebhafteste Vergnügen, das ein vernünftiger
Mensch in der Welt haben kann, ist,
neue Wahrheiten zu entdecken; das nächste
nach diesem ist, alte Vorurteile loszuwerden.

Friedrich der Große

Die kleinsten Dinge beobachten, vor allem die
kleinste Abweichung vom Normalen!

Gerhard Domagk

Der Mangel an mathematischer Bildung
gibt sich durch nichts so auffallend zu erkennen,
wie durch maßlose Schärfe im Zahlenrechnen.

Friedrich Gauß

Gib mir Gelassenheit, Dinge hinzunehmen, die ich nicht ändern kann; gib mir den Mut, Dinge zu ändern, die ich zu ändern vermag, und gib mir die Weisheit, das eine vom anderen zu unterscheiden.

Friedrich Christoph Oetinger

Wer nicht kann, was er will, muß das wollen,
was er kann.

Leonardo da Vinci

Wir haben nicht zu wenig Zeit,
aber wir verschwenden zu viel davon.

Seneca

Es gibt mehr Leute, die kapitulieren, als solche,
die scheitern.

Henry Ford

Nicht: vieles zu kennen, aber: vieles miteinander in Berührung zu bringen, ist eine Vorstufe des Schöpferischen.

William Blake

Ein Lexikon handzuhaben wissen ist besser als glauben, ein solches zu sein.

Alfred Nobel

Das Kunststück ist nicht, daß man mit dem Kopf durch die Wand rennt, sondern, daß man mit den Augen die Tür findet.

Werner von Siemens

Herr, gewähre mir, daß ich immer mehr wünsche als ich vollbringen kann.

Michelangelo

Wer recht erkennen will, muß zuvor in richtiger Weise gezweifelt haben.

Aristoteles

Zweifel muß nichts weiter sein als Wachsamkeit, sonst kann er gefährlich werden.

Georg Christoph Lichtenberg

Die Natur ist wirklich weise: Der Mensch hat zwei Ohren und nur eine Zunge. Er sollte eben doppelt soviel hören wie reden.

William Somerset Maugham

Ein wenig Schmeichelei schadet nicht, vorausgesetzt, man atmet sie nicht tief ein.

Adlai Stevenson

Ich könnte nicht an Projekten arbeiten, die nur deshalb für einige nützlich sind, weil sie anderen schaden.

René Descartes

Wir sind nicht nur verantwortlich für das, was wir tun, sondern auch für das, was wir nicht tun.

Voltaire

Jeder muß den Mut seiner Meinung haben.

Alexander von Humboldt

Die Superklugheit ist eine der verächtlichsten Arten von Unklugheit.

Georg Christoph Lichtenberg

Nicht der Anmaßende ist der Auserwählte, gehört zur Elite, sondern der, der mehr von sich fordert als die andern.

Ortega y Gasset

Mache das Beste aus Dir, denn das ist alles, was Du hast.

Ralph Waldo Emerson

Wer glaubt, seine Methode gefunden zu haben, mag in sich gehen und gründlich nachforschen, ob nicht ein Teil des Gehirns eingeschlafen ist.

Henry Ford

Prioritäten setzen heißt auswählen,
was liegenbleiben soll.

Helmar Nahr

Das heiße Herz allein löst leider kein Problem, obwohl es unentbehrlich ist, um auf der Suche nach Problemlösungen anzutreiben.

Hubert Markl

Widerwärtigkeiten sind Pillen,
die man schlucken muß und nicht kauen.

Georg Christoph Lichtenberg

Der Anfang ist die Hälfte des Ganzen.

Aristoteles

Wer etwas Großes will, der muß sich zu beschränken wissen; wer dagegen alles will, der will in der Tat nichts und bringt es zu nichts.

Georg Wilhelm Friedrich Hegel

Es ist schwieriger, ein Vorurteil zu zertrümmern als ein Atom.

Albert Einstein

Ein Urteil läßt sich widerlegen, aber niemals ein Vorurteil.

Marie von Ebner-Eschenbach

Die Natur versteht gar keinen Spaß, sie ist immer wahr, immer ernst, immer strenge, sie hat immer recht, und die Fehler und Irrtümer sind immer des Menschen.

Johann Wolfgang von Goethe

Die Sinne betrügen nicht. Nicht, weil sie immer richtig urteilen, sondern weil sie gar nicht urteilen; weshalb der Irrtum immer nur dem Verstande zur Last fällt.

Immanuel Kant

Die allgemeinen und abstrakten Ideen sind die Quellen der größten menschlichen Irrtümer.

Jean-Jacques Rousseau

Wer wenig denkt, der irrt viel.

Leonardo da Vinci

Wer es einmal so weit gebracht hat, daß er nicht mehr irrt, der hat auch zu arbeiten aufgehört.

Max Planck

Wir gestehen lieber unsere moralischen Irrtümer, Fehler und Gebrechen als unsere wissenschaftlichen.

Johann Wolfgang von Goethe

Wer wirklich Autorität hat, wird sich nicht scheuen, Fehler zuzugeben.

Bertrand Russell

Durch Heftigkeit ersetzt der Irrende, was ihm an Wahrheit und an Kräften fehlt.

Johann Wolfgang von Goethe

Einer neuen Wahrheit ist nichts schädlicher als ein alter Irrtum.

Georg Christoph Lichtenberg

Gegen nichts ist man unnachsichtiger als gegen gerade abgelegte Irrtümer.

Johann Wolfgang von Goethe

Fehler sind fast immer verzeihlicher als die Mittel, durch die man sie zu verdecken sucht.

François de la Rochefoucauld

Jeder Fehler erscheint unglaublich dumm, wenn andere ihn begehen.

Georg Christoph Lichtenberg

Das beste Mittel, um getäuscht zu werden, ist, sich für schlauer zu halten als andere.

François de la Rochefoucauld

Der Irrtum ist die tiefste Form der Erfahrung.

Martin Kessel

Wenn man einen falschen Weg einschlägt,
verirrt man sich um so mehr, je schneller man geht.

Denis Diderot

Den baren Unsinn zu glauben, ist ein Privileg des Menschen.

Konrad Lorenz

Nicht jeder Mist ist ein Dünger.

Erwin Chargaff

Man sollte nie die gleiche Dummheit zweimal machen, denn die Auswahl ist groß genug.

Bertrand Russell

Ein kluger Mann macht nicht alle Fehler selber;
er gibt auch anderen eine Chance.

Winston Churchill

Irrtümer haben ihren Wert,
jedoch nur hier und da.
Nicht jeder, der nach Indien fährt,
entdeckt Amerika.

Erich Kästner

Der größte Feind des Wissens ist nicht der Irrtum, sondern die Trägheit.

Henry Thomas Buckle

Es gibt keinen Fehler, der nicht seinen Liebhaber fände.

Baltasar Garcián y Morales

Wir irren allesamt, nur jeder irrt anders.

Georg Christoph Lichtenberg

Tausend Wege führen zum Irrtum,
ein einziger zur Wahrheit.

Jean-Jacques Rousseau

Fehler sind nützlich, aber nur, wenn man sie schnell findet.

Maynard Keynes

Die herrliche Fähigkeit des Geistes zur Bildung von Sammelbegriffen ist die Wurzel fast aller seiner Irrtümer gewesen.

Antoine de Rivarol

Die Verneinung einer sinnlosen Aussage ist nicht etwa richtig, sondern ebenfalls sinnlos.

Pascual Jordan

Irren ist auch in sofern menschlich,
als die Tiere wenig oder gar nicht irren,
wenigstens nur die klügsten unter ihnen.

Georg Christoph Lichtenberg

Steht das Leben mit der Wissenschaft im Widerspruch, so hat stets das Leben recht.

Justus von Liebig

Das Leben ist weder Schöpfung noch
Offenbarung, es ist keines von beiden,
weil es beides zugleich ist.

Manfred Eigen

Das Leben selbst ist ein erkenntnisgewinnender Prozeß.

Konrad Lorenz

Leben entstand, sobald der chemische und thermodynamische Zustand unseres Planeten dies zuließ.

Manfred Eigen

It's all engineering, molecular engineering.

Sidney Brenner

Das Leben der Zelle ist ein fortwährender Kampf gegen die Einstellung von Gleichgewichtsbedingungen.

Erwin Chargaff

Life is an offensive, directed against the repetitious mechanism of the universe.

Alfred North Whitehead

Das Leben will belebt, die Seele beseelt,
der Geist begeistert werden.

Elazar Benyoetz

Ich bin Leben, das leben will,
inmitten von Leben, das auch leben will.

Albert Schweitzer

Das Leben schafft Ordnung, aber die Ordnung bringt kein Leben hervor.

Antoine de Saint-Exupéry

Alles Lebendige sucht nach einer besseren Welt.

Karl Popper

Ethik ist ins Grenzenlose erweiterte
Verantwortung gegen alles, was lebt.

Albert Schweitzer

Lebendiges entsteht nur aus Lebendigem.

Louis Pasteur

Lernen ist wie das Rudern gegen den Strom; sobald man aufhört, treibt man zurück.

Laotse

Wenn du ein Schiff bauen willst, so trommle nicht Männer zusammen, um Holz zu beschaffen, Werkzeuge vorzubereiten, Aufgaben zu vergeben und die Arbeit einzuteilen, sondern lehre die Männer die Sehnsucht nach dem weiten, endlosen Meer.

Antoine de Saint-Exupéry

Bringt große Männer hervor, der Rest ergibt sich von allein.

Walt Whitman

Genius without education is like silver in the mine.

Benjamin Franklin

Lernen ist nicht angenehm, lernen tut weh.

Aristoteles

Das Wissen hat bittere Wurzeln, aber seine Früchte sind süß.

Cato

Ein Mensch kann nicht alles wissen, aber etwas muß jeder haben, was er ordentlich versteht.

Gustav Freytag

Erziehung ist Erlernen der Kunst vom Nutzbarmachen des Wissens.

Alfred North Whitehead

Was man erfindet, tut man mit Liebe,
was man gelernt hat, mit Sicherheit.

Georg Christoph Lichtenberg

Erfahrung ist die einzige Schule, in der auch Dummköpfe etwas lernen können.

Benjamin Franklin

Die Langsamen der Erkenntnis meinen,
die Langsamkeit gehöre zur Erkenntnis.

Friedrich Nietzsche

Dinge, die wir lernen müssen, bevor wir sie tun können, lernen wir, indem wir sie tun.

Aristoteles

The university is not engaged in making ideas safe for students.
It is engaged in making students safe for ideas.

Clark Kerr

Alles sollte so einfach wie möglich gemacht werden, aber nicht einfacher.

Albert Einstein

Was einfach ist, ist immer falsch.
Was nicht einfach ist, ist unbrauchbar.

Paul Valéry

Ich fürchte, unsere allzu sorgfältige Erziehung liefert uns Zwergobst.

Georg Christoph Lichtenberg

Lehren heißt: Die Dinge zweimal lernen.

Joseph Joubert

Man soll Denken lehren, nicht Gedachtes.

Cornelius Gurlitt

Natural abilities are like natural plants; they need pruning by study.

Francis Bacon

Wer eine Wissenschaft noch nicht so innehat, daß er jeden Verstoß dagegen fühlt wie einen grammatikalischen Fehler in seiner Muttersprache, der hat noch viel zu lernen.

Georg Christoph Lichtenberg

Die Kunst der Weisheit besteht darin, zu wissen, was man übersehen muß.

William James

Es ist von großem Vorteil, die Fehler, aus denen man etwas lernen kann, so früh wie möglich zu machen.

Winston Churchill

Ein gutes Gedächtnis merkt sich nicht alles,
sondern vergißt das Unwichtige.

Peter Bamm

Der allzu schnelle Zuwachs an Kenntnissen,
der mit wenigem eigenen Zutun erhalten wird,
ist nicht sehr fruchtbar.
Die Gelehrsamkeit kann auch ins Laub treiben,
ohne Früchte zu tragen.

Georg Christoph Lichtenberg

In dir muß brennen, was du in anderen
entzünden willst.

Augustinus

Ein großer Gelehrter ist nicht unbedingt ein
großer Mensch, aber ein großer Lehrer muß auf
jeden Fall auch ein großer Mensch sein.

Pjotr L. Kapiza

Alles, was ich irgendwann gelernt habe,
habe ich später anderswo verwenden können.

Heinz Maier-Leibnitz

Woran wir glauben, hängt von dem ab, was wir lernen.

Ludwig Wittgenstein

Man sollte sich nicht schlafen legen, ohne sagen zu können, daß man an dem Tage etwas gelernt hätte.

Georg Christoph Lichtenberg

Es werden mehr Menschen durch Übung tüchtig als durch Naturanlage.

Demokrit

Es ist keine Schande, nichts zu wissen, wohl aber, nichts lernen zu wollen.

Sokrates

Der Mensch ist das Maß aller Dinge.

Aristoteles

The real problem is in the hearts and minds of men. It is not a problem of physics but of ethics. It is easier to denature plutonium than to denature the evil spirit of men.

Albert Einstein

Der Mensch ist der erste Freigelassene
der Natur.

Johann Gottfried von Herder

Natur verleiht keine Tugend;
gut zu sein ist eine Kunst.

Seneca

Der Mensch sollte sich selbst immer als ein Experiment der Natur betrachten.

Friedrich Hebbel

Der Forscher hat erkennen müssen,
daß er ebenso wie jeder andere Mensch sowohl
Zuschauer wie Mitspieler in dem großen
Drama der Existenz ist.

Niels Bohr

Es scheint mir, daß der Versuch der Natur,
auf dieser Erde ein denkendes Wesen
hervorzubringen, gescheitert ist.

Max Born

Früher mußten wir uns gegen die Natur
behaupten. Von nun an müssen wir uns gegen
unsere eigene Natur behaupten.

Dennis Gabor

Der Mensch ist ein Teil der Natur und nicht
etwas, das zu ihr im Widerspruch steht.

Bertrand Russell

Die menschliche Natur wird das letzte Stück
Natur sein, das vor dem Menschen kapituliert.

Clive Staples Lewis

Der gebildete Mensch macht die Natur
zu seinem Freund.

Friedrich Schiller

Die Naturwissenschaft gibt den besten Maßstab für die Fortschritte der Menschheit ab; nur so weit sie die Natur kennt, kennt sie sich selbst.

Friedrich Hebbel

Den Menschen vernachlässigen und über die Natur grübeln, heißt den Sinn des Alls nicht verstehen.

Hsün-dse

Die Wissenschaft hat die Lebensumstände des Menschen verändert und die wissenschaftlichen Ideen haben die Vorstellung des Menschen von sich selbst und von der Welt verwandelt.

J. Robert Oppenheimer

Würden doch die Menschen das Fortschreiten der echten Wissenschaften mehr am Herzen tragen als ihre egoistischen Interessen.

Robert Boyle

If most of us are ashamed for shabby clothes and shoddy furniture, let us be more ashamed of shabby ideas and shoddy philosophies.

Albert Einstein

Wenn der Mensch soviel Vernunft hätte wie Verstand, wäre alles viel einfacher.

Linus Pauling

Zwei Dinge sind unendlich, das Universum und die menschliche Dummheit, aber bei dem Universum bin ich mir noch nicht ganz sicher.

Albert Einstein

Der Mensch kommt unter allen Tieren der Welt dem Affen am nächsten.

Georg Christoph Lichtenberg

Daß der Mensch das edelste Geschöpf sei, läßt sich auch schon daraus abnehmen, daß ihm noch kein anderes Geschöpf widersprochen hat.

Georg Christoph Lichtenberg

Der Mensch denkt wunder, wer er wäre, wenn er die Milbe einen Elefanten und die Sonne einen Funken nennt.

Georg Christoph Lichtenberg

Das Publikum beklatscht ein Feuerwerk, doch keinen Sonnenaufgang.

Friedrich Hebbel

Der Mensch kann die Natur nicht erreichen, nur übertreffen; er ist entweder über ihr oder unter ihr.

Friedrich Hebbel

Man is a tool-making animal.

Benjamin Franklin

Der Mensch ist ein Ursachen suchendes Wesen.

Georg Christoph Lichtenberg

Der Mensch ist ein auf Werkzeuge angewiesenes Wesen ... Ohne Werkzeuge ist er nichts, mit Werkzeugen ist er alles.

Thomas Carlyle

Der Mensch beherrscht die Natur bevor er gelernt hat, sich selbst zu beherrschen.

Albert Schweitzer

Das, was die Menschen den Kampf ums Dasein nennen, ist nichts anderes als der Kampf um den Aufstieg.

Bertrand Russell

What men really want is not knowledge but certainty.

Bertrand Russell

Die Entdeckung der Evolution schließt die Einsicht ein, daß unsere Gegenwart mit absoluter Sicherheit nicht das Ende (oder gar das Ziel) der Entwicklung sein kann.

Hoimar von Ditfurth

Zwei Dinge erfüllen das Gemüt mit immer neuer und zunehmender Bewunderung und Ehrfurcht, je öfter und anhaltender sich das Nachdenken damit beschäftigt: der gestirnte Himmel über mir und das moralische Gesetz in mir.

Immanuel Kant

Man now knows that he is alone in the indifferent vastness of the Universe from which he has emerged by chance.

Jacob Monod

Wie ohnmächtig auch die guten und gerechten Menschen sein mögen, sie allein machen das Leben lebenswert.

Albert Einstein

Wir sind zwar aus der Natur hervorgegangen, aber sie hat uns keineswegs ganz entlassen.

Hubert Markl

Das lang gesuchte Zwischenglied zwischen dem Tier und dem wahrhaft humanen Menschen sind wir.

Konrad Lorenz

Der Mensch muß an die Menschheit noch mehr glauben, als an sich selbst, wenn er nicht verzweifeln will.

Teilhard de Chardin

In allem, was die Natur hervorbringt, ist etwas Bewundernswertes.

Aristoteles

Die Natur ist das einzige Buch, das auf allen Blättern großen Inhalt bietet.

Johann Wolfgang von Goethe

Nichts tut die Natur zwecklos.

Aristoteles

Die Natur hat leicht verschwenden; auch das scheinbar ganz nutzlos Verstreute fällt zuletzt doch in ihren Schoß.

Marie von Ebner-Eschenbach

Die Natur liebt es, sich zu verbessern.

Heraklit

Wohl ist alles in der Natur Wechsel, aber hinter dem Wechselnden ruht ein Ewiges.

Johann Wolfgang von Goethe

Natura non facit saltus.

Gottfried Wilhelm von Leibniz

Die Natur gefällt, reißt an sich, begeistert, nur weil sie Natur ist.

Wilhelm von Humboldt

Die Herrlichkeit der Welt ist immer adäquat der Herrlichkeit des Geistes, der sie betrachtet.

Heinrich Heine

Microogranisms are among man's best friends and his worst enemies, but it took him a million years to find out.

Elvin Charles Stakman

Alle Wiesen und Hügel, alle Berge und Matten sind die große Apotheke der Welt.

Paracelsus

Jedes Geschöpf lebt nicht, um zu leben, sondern um auf seine eigene Weise ein Stück Schöpfung zu erfüllen.

Adam Heinrich Müller

Das schönste Glück des denkenden Menschen ist, das Erforschliche erforscht zu haben und das Unerforschliche ruhig zu verehren.

Johann Wolfgang von Goethe

Der Mensch wird um so tiefer und nachhaltiger von der lebendigen Wirklichkeit der Natur bewegt werden, je mehr er über sie weiß.

Konrad Lorenz

Nur wer nichts von der Natur versteht, kann meinen, man dürfe nichts von ihr verstehen, um sie ganz innig lieben zu können.

Hubert Markl

Nichts macht in der Natur Sinn außer im Lichte der Evolution.

Theodosius Dobzhansky

Die „Natur" scheint die menschliche Verhaltungsentwicklung eher durch Vorschläge als durch Vorschriften zu beeinflussen.

Hubert Markl

Die Vorsicht ist das Mittel der Natur, mit der sie das Leben ihrer Geschöpfe verlängert.

Leonardo da Vinci

Der Schöpfer der Natur hat die Übel und Mängel durch zahllose Annehmlichkeiten kompensiert.

Gottfried Wilhelm von Leibniz

Überall, wo ich hinkomme, wollen mir Leute dafür danken, daß ich ihnen das Leben gerettet habe. Ich weiß nicht recht, warum sie das tun. Die Natur macht das Penicillin, ich habe es nur gefunden.

Alexander Fleming

Die Natur ist unerbittlich und unveränderlich, und es ist ihr gleichgültig, ob die verborgenen Gründe und Arten ihres Handelns dem Menschen verständlich sind oder nicht.

Galileo Galilei

Nature encourages no looseness,
pardons no errors.

Ralph Waldo Emerson

Die Natur bekümmert sich nicht um irgendeinen Irrtum; sie selbst kann nicht anders als ewig recht handeln, unbekümmert, was daraus erfolgen möge.

Johann Wolfgang von Goethe

In nature there are neither rewards nor punishments; there are only consequences.

Robert G. Ingersoll

Nature does not complete things. She is chaotic. Man must finish, and he does so by making a garden and building a wall.

Robert Frost

Der Mensch bemächtigt sich der Natur, indem er sich eine künstliche Umwelt schafft.

Stanislaw Brzozowski

Der schlechteste Arbeiter in einer Möbelfabrik schafft noch bequemere Sitzgelegenheiten, als die gesamte Natur es vermag. Wäre die Natur behaglich, hätten die Menschen nie die Architektur erfunden.

Oscar Wilde

Der Natur liegt nur unser Dasein am Herzen, um das Wohlsein müssen wir uns selber kümmern.

Arthur Schopenhauer

Ein für allemal: Wir sind nicht frei geboren und können nie frei sein. Wenn alle menschlichen Tyrannen erschlagen oder abgesetzt sind, wird es immer noch den obersten Tyrannen geben, der nicht erschlagen oder abgesetzt werden kann, und dieser Tyrann ist die Natur.

George Bernard Shaw

Wir müssen immer damit rechnen,
von der Natur wieder ausgebürgert zu werden.

Siegfried Lenz

Sie (die Natur) scheint alles auf Individualität angelegt zu haben und macht sich nichts aus dem Individuum.

Johann Wolfgang von Goethe

Warum ist etwas, warum ist nicht nichts?

Gottfried Wilhelm v. Leibniz

Das letzte Geheimnis der Natur kann die Wissenschaft nicht lösen. Und zwar darum nicht, weil wir im Grunde selbst ein Teil der Natur sind und also ein Teil des Geheimnisses, das wir lösen wollen.

Max Planck

Wir leben mitten in der Natur und sind ihr Fremde. Sie spricht unaufhörlich mit uns und verrät uns ihr Geheimnis nicht.

Johann Wolfgang von Goethe

Die Natur besteht aus Atomen, die im leeren Raum herumgeschleudert werden.
Ein Wirbel mannigfaltiger Gestalten sondert sich ab aus dem All.

Demokrit

Die Rolle des unendlich Kleinen scheint unendlich groß zu sein.

Louis Pasteur

Es gibt in der Natur nichts ohne Übergang
und keinen Übergang ohne zeitliche Dauer.

Alfred North Whitehead

Der Gedanke ist die unsichtbare Natur,
die Natur der unsichtbare Gedanke.

Heinrich Heine

Natur wiederholt ewig in weiterer Ausdehnung denselben Gedanken. Darum ist der Tropfen ein Bild des Meeres.

Friedrich Hebbel

Adopt the pace of nature: her secret is patience.

Ralph Waldo Emerson

Natur hat weder Kern noch Schale, alles ist sie mit einemmale.

Johann Wolfgang von Goethe

Wir sehen in der Natur nicht Wörter, sondern immer nur Anfangsbuchstaben von Wörtern, und wenn wir alsdann lesen wollen, so finden wir, daß die neuen sogenannten Wörter wiederum bloß Anfangsbuchstaben von anderen sind.

Georg Christoph Lichtenberg

Die Welt kann niemals dadurch begriffen werden, daß man sich alle ihre Einzelheiten zu eigen macht.

Ralph Waldo Emerson

Leider ist es leichter und weniger umständlich sich selbst zu befragen als die Natur.

Denis Diderot

Our number came out in the game at Monte Carlo. The Universe was not pregnant with life, nor the biosphere with man.

Jacob Monod

Das Geschehen in der Natur scheint einen viel höheren Grad von gesetzlicher Gebundenheit zu zeigen, als in der von uns gedachten Kausalität liegt.

Albert Einstein

Wir müssen glauben, daß alles eine Ursache habe, so wie die Spinne ihr Netz spinnt, um Fliegen zu fangen. Sie tut dies, ehe sie weiß, daß es Fliegen in der Welt gibt.

Georg Christoph Lichtenberg

A hen is only an egg's way of making another egg.

Samuel Butler

Die Natur ist so gemacht, daß sie verstanden werden kann. Oder vielleicht sollte ich richtiger umgekehrt sagen, unser Denkvermögen ist so gemacht, daß es die Natur verstehen kann.

Werner Heisenberg

Die Natur entspricht unserem Wissen, weil unser Wissen der Natur entspricht.

Erwin Chargaff

Ich glaube, eine Weltordnung, die der Mensch begriffe, wäre ihm unerträglicher als diese, die er nicht begreift.

Friedrich Hebbel

Jede Evolution ist Zufall, aber die Tatsache der Evolution ist Gesetz.

Manfred Eigen

Allein da alle Dinge in der Natur Beziehung aufeinander haben, was kann reeller und wahrer sein als diese Beziehungen.

Georg Christoph Lichtenberg

Die Naturbetrachtung liefert Hypothesen, keine Lehren.

Hubert Markl

Die Menschen sind verschieden, doch die Wahrheit ist eine, und alle, die sie suchen, auf welchem Gebiet es sei, helfen einander.

Gottfried Wilhelm von Leibniz

Die Größe eines Berufes besteht vor allem darin, daß er Menschen vereinigt. Es gibt nur einen echten Luxus, das sind die menschlichen Beziehungen.

Antoine de Saint-Exupéry

Das ganz Glück des Menschen besteht darin, bei anderen Achtung zu genießen.

Blaise Pascal

Wahre Mitteilung findet nur unter Gleichgesinnten, Gleichdenkenden statt.

Novalis

Nicht da ist man daheim, wo man seinen Wohnsitz hat, sondern wo man verstanden wird.

Christian Morgenstern

Die wissenschaftliche Gemeinschaft als Ganzes stellt ein äußerst kompliziertes soziales System dar, das kaum verstanden wird, am aller wenigsten von den Wissenschaftlern selbst.

Jerome B. Wiesner

Es ist die Unwissenheit, die die Menschen trennt, und die Wissenschaft, die sie einander näherbringt.

Louis Pasteur

Sage mir, mit wem du umgehst, so sage ich dir, wer du bist; weiß ich, womit du dich beschäftigst, so weiß ich, was aus dir werden kann.

Johann Wolfgang von Goethe

Einer hat immer unrecht, erst mit dem zweiten beginnt die Wahrheit.

Friedrich Nietzsche

Art is I; science is we.

Claude Bernard

Bei wissenschaftlichen Streitigkeiten nehme man sich in acht, die Probleme nicht zu vermehren.

Johann Wolfgang von Goethe

Wer Führung beansprucht, ruft selbst den Rivalen auf den Plan. Rivalität aber ist eines der Geheimnisse des Fortschritts.

Karl Heinrich Bauer

Der Widerspruch allein stimuliert die Entwicklung der Wissenschaft. Ihn soll man daher unterstreichen und nicht auswischen.

Pjotr L. Kapiza

Jemand der ganz Unrecht hat, ist leichter zu überzeugen, als einer, der zur Hälfte recht hat.

Ralph Waldo Emerson

Great spirits have always found violent opposition from mediocrities.

Albert Einstein

Analogien sind wie eine feine Gesellschaft, sie sind oft anregend, aber meistens führt es zu nichts.

Johann Wolfgang von Goethe

Wir beurteilen uns danach, wofür wir uns für fähig halten, während andere uns danach beurteilen, was wir bereits getan haben.

Henry Wadsworth Longfellow

Du willst bei Fachgenossen gelten?
Das ist verlorene Liebesmüh.
Was Dir mißglückt, verzeihn sie selten,
was Dir gelingt, verzeihn sie nie.

Oskar Blumenthal

Diskussion: eine Methode, andere in ihren Irrtümern zu bestärken.

Ambrose Bierce

Wir lieben Menschen, die frisch heraus sagen
was sie denken –
vorausgesetzt sie denken dasselbe wie wir.

Mark Twain

Das Gespräch der meisten Humanisten (Gelehrten) untereinander ist weiter nichts als ein gegenseitiges, heimliches, höfliches Examen.

Jean Paul

Ein Abend, an dem sich alle Anwesenden einig sind, ist ein verlorener Abend.

Albert Einstein

Es gibt zwei Methoden, jemand anderen zu übertreffen, die eine besteht darin, sich selbst voranzubringen, und die andere darin, den anderen zurückzuhalten.

Bertrand Russell

Es gibt Menschen, die sich immer angegriffen wähnen, wenn jemand eine Meinung ausspricht.

Georg Christoph Lichtenberg

Wenn ich keinen wissenschaftlichen Streit mehr führen kann, dann bin ich alt.

Otto Heinrich Warburg

Der Intellekt hat ein scharfes Auge für die Methoden und Werkzeuge, aber er ist blind gegen Werk und Ziele.

Albert Einstein

Unser Entscheiden reicht weiter als unser Erkennen.

Immanuel Kant

Der letzte Schritt der Vernunft ist, anzuerkennen, daß unendlich viel über sie hinausgeht.

Blaise Pascal

Wissenschaftler, die sich durch große Entdeckungen oder segensreiche Erfindungen in auffälliger Weise ausgezeichnet haben, kommen oft zu der Meinung, daß ihre Autorität sich jenseits des einen Gegenstandes auch auf alle anderen erstrecke.

Alexis Carrel

An expert is a man who has made all the mistakes which can be made, in a very narrow field.

Niels Bohr

An expert is a man who has stopped thinking –
he knows.

Frank Lloyd Wright

Der Mensch ist verloren, der sich früh für ein
Genie hält.

Georg Christoph Lichtenberg

Keine Wissenschaft, keine Selbsterkenntnis
vermag uns restlos darüber aufzuklären,
wie wir selber in einer bestimmten Lebenslage
handeln werden.

Max Planck

Die verstehen wenig, die nur verstehen, was sich
erklären läßt.

Marie von Ebner-Eschenbach

Die Wissenschaft kennt kein Mitleid.

Romain Rolland

Neugier ist nichts als Eitelkeit. Meist will man nur wissen, um davon reden zu können.

Blaise Pascal

Sie tun die Taten und wir übersetzen die Erzählungen davon ins Deutsche.

Georg Christoph Lichtenberg

Die gefährlichste Sorte von Dummheit ist ein scharfer Verstand.

Hugo von Hofmannsthal

Wissen Sie, wenn ich doppelt vorhanden wäre, würde ich mir auch aus dem Wege gehen.

Otto Hahn

Stets muß die Praxis auf guter Theorie beruhen.

Leonardo da Vinci

Eine gute Theorie ist das Praktischste,
was es gibt.

Gustav Robert Kirchhoff

Die Wissenschaft ist der Kapitän,
die Praxis sind nur die Soldaten.

Leonardo da Vinci

Praxis ohne Theorie ist blind,
Theorie ohne Praxis unfruchtbar.

John Desmond Bernal

Die Theorie bestimmt, was wir beobachten
können.

Albert Einstein

Aber zu einer vernünftigen Frage gelangt man
nur mit Hilfe einer vernünftigen Theorie.

Max Planck

Der Praktiker unterscheidet sich somit vom
Theoretiker ... nur dadurch,
daß er früher zu fragen aufhört.

Wilhelm Ostwald

Zwischen Geist und Materie vermittelt
die Mathematik.

Hugo Steinhaus

Eine Theorie ist um so eindrucksvoller,
je größer die Einfachheit ihrer Prämissen ist,
je verschiedenartigere Dinge sie miteinander in
Beziehung bringt und je umfangreicher
ihr Anwendungsbereich ist.

Albert Einstein

Die gefährlichste aller Weltanschauungen ist die
Weltanschauung der Leute,
welche die Welt nie angeschaut haben.

Alexander von Humboldt

Denn je bewährter eine bestehende Theorie ist, um so empfindlicher und widersetzlicher zeigt sie sich gegenüber allen Abänderungsversuchen.

Max Planck

Jedesmal, wenn durch einen experimentellen Befund ein Widerspruch mit der bestehenden Theorie festgestellt ist, kündigt sich ein neuer Fortschritt an; denn dann wird eine Veränderung und Verbesserung der Theorie notwendig.

Max Planck

Die Tragödie der Wissenschaft – das Erschlagen einer schönen Hypothese durch eine häßliche Tatsache.

Thomas Henry Huxley

Hypothesen sind Netze; nur der wird fangen, der auswirft.

Novalis

Jede neue auftauchende Hypothese stellt eine Art plötzlicher Eruption dar, einen Sprung ins Dunkel, logisch unerklärbar.

Max Planck

Man muß Hypothesen und Theorien haben, um seine Kenntnisse zu organisieren, sonst bleibt alles bloßer Schutt, und solche Gelehrten gibt es in Menge.

Georg Christoph Lichtenberg

Die Vorurteile eines Professors nennt man Theorie.

Mark Twain

Jedes Ding läßt sich von drei Seiten betrachten, von einer wissenschaftlichen, einer juristischen und einer vernünftigen.

August Bier

Theoretisch ist der Löwe König der Tiere, praktisch ist es der Wurm.

Aleksander Swietochowski

Ein Gedankenexperiment ist an keine Genauigkeitsgrenze gebunden, denn Gedanken sind feiner als Atome und Elektronen ...

Max Planck

Unsere heutige Erfahrung rechtfertigt unser sicheres Gefühl, daß das Ideal der mathematischen Einfachheit in der Natur verwirklicht ist.

Albert Einstein

Die Theorie verhält sich zur Natur wie die Noten zu den Tönen.

Ludwig Eduard Boltzmann

Das Problem ist nicht die Atomenergie, sondern das Herz des Menschen.

Albert Einstein

Die Gefährdung der heutigen Menschheit entspringt nicht so sehr ihrer Macht, physikalische Vorgänge zu beherrschen, als ihrer Ohnmacht, das soziale Geschehen vernünftig zu lenken.

Konrad Lorenz

Die Ideen sind nicht verantwortlich für das, was die Menschen aus ihnen machen.

Werner Heisenberg

Wir haben jetzt in der menschlichen Geschichte das Stadium erreicht, in dem zum ersten Male das Fortbestehen des Menschengeschlechts davon abhängt, wieweit Menschen lernen können, sich sittlichen Überlegungen zu beugen.

Bertrand Russell

Wenn der Mensch so viel Vernunft hätte wie Verstand, wäre alles viel einfacher.

Linus Pauling

Die entfesselte Macht des Atoms hat alles verändert, nur unsere Denkweise nicht.

Albert Einstein

Die Wissenschaft ist verpflichtet,
auch zu erkennen, wie die gesellschaftlichen
Verhältnisse verändert werden müssen,
wenn die Gesellschaft die durch die Wissenschaft
ermöglichte Weltveränderung überleben soll.

Carl Friedrich v. Weizsäcker

Nur der Mensch selbst kann die Macht begrenzen, die ihm zugewachsen ist.

Hans Jonas

Wer die Gefahr verheimlicht, ist ein Feind.

Johann Wolfgang von Goethe

Wer von seinem Verstand zum Schaden anderer
Gebrauch macht oder diese auch nur
dadurch einschränkt, ist insofern unmoralisch.

Johann Wolfgang von Goethe

Handle so, daß der Beweggrund deines Willens jederzeit zugleich als Grundsatz einer allgemeinen Gesetzgebung gelten könnte.

Immanuel Kant

Handle so, daß die Wirkungen deiner Handlungen verträglich sind mit der Permanenz echten menschlichen Lebens auf Erden.

Hans Jonas

Wissenschaft kann nur helfen, besser zu verstehen, was wir moralisch zu verantworten haben.

Hubert Markl

Die Sorge um den Menschen selbst und sein Schicksal muß stets das Hauptanliegen aller fachwissenschaftlichen Bestrebungen bilden ... Das sollte man mitten unter seinen Diagrammen und Gleichungen nie vergessen.

Albert Einstein

Die Menschheit kann die Erde nicht verlassen, auf der sie experimentiert.

Carl Friedrich von Weizsäcker

Es ist ein weitverbreiteter Irrglaube, daß „die Natur" unerschöpflich sei.

Konrad Lorenz

A man's worst difficulties begin when he is able to do as he likes.

Thomas Henry Huxley

Es ist leichter, tausende von Menschenleben zu vernichten, als eines zu erhalten.

Gerhard Domagk

Die Gefahr der Welt in ethischen Dingen ist die Gleichgültigkeit.

Carl Friedrich von Weizsäcker

Die primäre Verantwortung des Wissenschaftlers ist trivial, er prägt die Verantwortung für Zuverlässigkeit (oder Wahrheit) der wissenschaftlichen Sätze.

Hans Mohr

Wissenschaftler müssen überall alles beitragen, was nur sie beitragen können.

Heinz Maier-Leibnitz

Alles was geschaffen wird, gleich wo in der Welt,
kommt allen Menschen zugute,
alles, was zerstört wird, geht allen verloren.

Gerhard Domagk

Das Ärgerliche in dieser Welt ist, daß die Dummen todsicher und die Intelligenten voller Zweifel sind.

Bertrand Russell

Wer seiner eigenen Sache untreu wird, kann nicht erwarten, daß ihn andere achten.

Albert Einstein

Über allem Wissen steht das Können und darüber der Charakter.

Carl Duisberg

I'm proud of the fact that I never invented weapons to kill.

Thomas Alva Edison

Die Freiheit ist nicht die Willkür, beliebig zu handeln, sondern die Fähigkeit, vernünftig zu handeln.

Rudolf Virchow

Jede geistige Großtat belastet den, der sie vollbracht hat.

Max v. Laue

Es ist keine Kunst, etwas kurz zu sagen,
wenn man etwas zu sagen hat.

Georg Christoph Lichtenberg

Man soll schweigen oder Dinge sagen,
die noch besser sind als das Schweigen.

Pythagoras

Was sich überhaupt sagen läßt, läßt sich klar
sagen; und wovon man nicht reden kann,
darüber muß man schweigen.

Ludwig Josef Wittgenstein

Nicht viele Worte verraten kluges Urteil.

Thales

Um zu wissen, ob ein Gedanke neu ist,
braucht man ihn nur so einfach als möglich
auszudrücken.

Vauvenargues

Reading maketh a full man; conference a ready man; and writing an exact man.

Francis Bacon

Bei manchem Werk eines berühmten Mannes möchte ich lieber lesen, was er weggestrichen hat, als was er hat stehen lassen.

Georg Christoph Lichtenberg

Die Wirkungen, die gemeinlich gute Bücher haben: es macht die Einfältigen einfältiger, die Klugen klüger, und die übrigen Tausende bleiben ungeändert.

Georg Christoph Lichtenberg

Discretion in speech is more than eloquence.

Francis Bacon

Man sollte nie einen Satz beginnen, bevor man sein Ende kennt!

Paul Dirac

Die Öffentlichkeit hat eine unersättliche
Neugier, alles zu wissen,
nur nicht das Wissenswerte.

Oscar Wilde

Die Wissenschaft, sie ist und bleibt,
was einer ab vom andern schreibt.

Eugen Roth

Im allgemeinen besteht das Problem darin, den Großteil der Information selektiv zu verwerfen.

Rüdiger Wehner

A book may be as great a thing as a battle.

Benjamin Disraeli

Es gibt Bücher, die man bloß kosten, andere, die man verschlingen, andere endlich – aber es sind ihrer nur wenige – die man sozusagen kauen und verdauen muß.

Francis Bacon

... mancher unserer sehr mittelmäßigen Gelehrten hätte ein größerer Mann werden können, wenn er nicht so viel gelesen hätte.

Georg Christoph Lichtenberg

Information ist nur, was verstanden wird.

Carl Friedrich von Weizsäcker

Hätte ich so viel wie andere Menschen gelesen, so würde ich nicht mehr als andere Menschen gewußt haben.

Thomas Hobbes

Die besten Bücher sind die, von denen jeder Leser meint, er habe sie selber machen können.

Blaise Pascal

Wer an die Öffentlichkeit tritt, hat keine Nachsicht zu erwarten und keine zu fordern.

Marie v. Ebner-Eschenbach

Das Gegenteil einer richtigen Behauptung ist eine falsche Behauptung. Das Gegenteil einer tiefen Wahrheit kann durchaus ebenfalls eine tiefe Wahrheit sein.

Niels Bohr

Wir sehnen uns nach der Wahrheit und finden in uns nur Ungewißheit.

Blaise Pascal

Niemand hat die Wahrheit. Wir alle suchen sie.

Karl Jaspers

Nur die Liebe zur Wahrheit schafft Wunder.

Johannes Kepler

Die Wissenschaft ist nichts als das Abbild der Wahrheit.

Francis Bacon

Die Gesamtheit der wahren Sätze ist die gesamte Naturwissenschaft.

Ludwig Wittgenstein

Wer Wahrheit sucht, darf nicht die Stimmen zählen.

Gottfried Wilhelm v. Leibniz

Die Wahrheit ist die Tochter der Zeit.

Lateinisches Epigramm

Einer neuen Wahrheit ist nichts schädlicher als ein alter Irrtum.

Johann Wolfgang von Goethe

Wo die Wahrheit bekämpft werden muß,
da hat sie schon gesiegt.

Carl Gustav Jochmann

Die Wahrheit triumphiert nie,
ihre Gegner sterben nur aus.

Max Planck

Beware of false knowledge;
it is more dangerous than ignorance.

George Bernard Shaw

Die Wahrheit finden wollen ist ein Verdienst, auch wenn man auf dem Wege irrt.

Georg Christoph Lichtenberg

Für den Wissenschaftler ist selbst die häßlichste Wahrheit schöner als der lieblichste Anschein.

Hans Selye

Die gefährlichsten Unwahrheiten sind Wahrheiten, mäßig entstellt.

Georg Christoph Lichtenberg

Aber ein Gedanke, der richtig ist, kann auf die Dauer nicht niedergelogen werden.

Otto von Bismarck

Zum Ergreifen der Wahrheit braucht es ein viel höheres Organ als zur Verteidigung des Irrtums.

Georg Christoph Lichtenberg

Das Argument gleicht dem Schuß einer Armbrust
– es ist gleichermaßen wirksam,
ob ein Riese oder ein Zwerg geschossen hat.

Francis Bacon

Vom Wahrsagen läßt sich's wohl leben in der Welt, aber nicht vom Wahrheitsagen.

Georg Christoph Lichtenberg

Die Wahrheit kommt mit wenigen Worten aus.

Laotse

Die Wahrheit ist immer einfacher als der Weg zu ihr.

Erwin Chargaff

Es ist unmöglich, die Fackel der Wahrheit durch ein Gedränge zu tragen,
ohne jemandem den Bart zu versengen.

Georg Christoph Lichtenberg

Als Pythagoras seinen berühmten Lehrsatz
gefunden hatte, opferte er den Göttern hundert
Ochsen. Seitdem zittern alle Ochsen,
so oft eine neue Wahrheit entdeckt wird.

Ludwig Börne

Die Leitidee der Wissenschaft ist die Wahrheit.

Hans Mohr

Mehr als jedes andere Kulturgut ist die wissenschaftliche Wahrheit das kollektive Eigentum der ganzen Menschheit.

Konrad Lorenz

Knowledge itself is power.

Francis Bacon

Wissen ist Macht. Aber Unwissenheit bedeutet noch lange nicht Machtlosigkeit.

Enrico Fermi

Überall dort, wo die Wissenschaft grundsätzlich
neue Erkenntnisse gewinnt,
schafft sie auch grundsätzlich neue Macht.

Carl Friedrich von Weizsäcker

Unsere Wissenschaft ist empirisch.
Nur soweit Erfahrung möglich ist, ist Naturwissenschaft möglich. Erfahrung heißt,
daß man aus der Vergangenheit für die Zukunft,
aus dem Faktischen für das Mögliche lernt.

Carl Friedrich von Weizsäcker

Wissenschaft ist die Erkennung des Wirklichen zum zweckvollen Handeln.

Adolf von Harnack

Was ich erklären kann, dessen Herr bin ich.

Theodor Haecker

Wissenschaft ist nichts als geordneter und erprobter Menschenverstand.

Thomas Henry Huxley

In der Wissenschaft besitzt jeder soviel, wie er wirklich erkennt und erfaßt.

John Locke

Die Wissenschaft belehrt nur die Klugen.

Russisches Sprichwort

Eine Investition in Wissen bringt immer noch die besten Zinsen.

Benjamin Franklin

Die Wissenschaft sucht nach einem Perpetuum mobile. Sie hat es gefunden: Sie ist es selbst.

Victor Hugo

Früher war der Mensch Herr seines Wissens. Heute ist das Wissen sein Gebieter.

John Steinbeck

Es gibt kaum einen Satz, der durch seine Mißverständlichkeit größeres Unheil angerichtet hätte, als der von der Voraussetzungslosigkeit der Wissenschaft.

Max Planck

Die Wissenschaft hat die Lebensumstände des Menschen verändert, und die wissenschaftlichen Ideen haben die Vorstellung des Menschen von sich selbst und von der Welt verwandelt.

J. Robert Oppenheimer

Alles auf dieser Welt kann man rückgängig machen, bloß nicht das Wissen.

Alberto Moravia

Und Ihr werdet die Wahrheit erkennen, und die Wahrheit wird euch frei machen.

Johannes 8, 32

Der einzige Zaun gegen die Welt ist ihre genaue Kenntnis.

John Locke

Wissen, was man weiß, und Wissen, was man nicht weiß, das ist wahres Wissen.

Konfuzius

Nichts im Leben muß gefürchtet werden. Es gilt nur, es zu verstehen.

Marie Curie

Die wahre Naturwissenschaft schließt sowohl den Unglauben wie den Aberglauben aus.

Hans Christian Oerstedt

Das Wesen der Mathematik liegt in ihrer Freiheit.

Georg Cantor

Das Recht auf Wissen ist dem Recht auf Leben ähnlich.

George Bernard Shaw

Wer nichts weiß, muß alles glauben.

Marie von Ebner-Eschenbach

Im vollen, modernen Sinn des Wortes ist die Wissenschaft die Zwillingsschwester der Humanität.

Pierre Teilhard de Chardin

Wissen ist Licht, Unwissenheit Finsternis.

Nikolai G. Tschernyschewski

Wissen und Können sind immer und uneingeschränkt besser als Unwissenheit und Machtlosigkeit.

Hubert Markl

Die größten Übel, welche die Menschen bedrängen und die menschliche Gesellschaft erniedrigen, entsprangen aus der Unwissenheit.

Justus von Liebig

Das Staunen ist eine Sehnsucht nach Wissen.

Thomas von Aquin

Wissenschaft ist, was wir wissen,
und Philosophie ist, was wir nicht wissen.

Bertrand Russell

A world of facts lies outside and beyond the world of words.

Thomas Huxley

Ich halte dafür, daß das einzige Ziel der Wissenschaft darin besteht, die Mühseligkeit der menschlichen Existenz zu erleichtern.

Bert Brecht

Die Wissenschaft verjüngt die Seele und vermindert die Bitterkeit des Alters.

Leonardo da Vinci

Es gibt nur ein einziges Gut für den Menschen: die Wissenschaft, und nur ein einziges Übel: die Unwissenheit.

Sokrates

Mehr Wissen macht stets reicher, niemals ärmer.

Hubert Markl

Nichts macht den Menschen argwöhnischer als wenig zu wissen.

Francis Bacon

Alles was des Seins würdig ist, ist auch des Wissens würdig.

Francis Bacon

Alle Weisheit beginnt mit der Erkenntnis der Tatsachen.

Cicero

Wissenschaft ist Sache des Verstandes.

Karl Jaspers

Wenn die Neugier sich auf ernsthafte Dinge richtet, dann nennt man sie Wissensdrang.

Marie von Ebner-Eschenbach

Wenn sich eine Frage überhaupt stellen läßt, so kann sie auch beantwortet werden.

Ludwig Wittgenstein

Unser ganzes Wissen beruht auf Schauen.

Leonardo da Vinci

Science is simply common sense at its best – that is, rigidly accurate in observation, and merciless to fallacy in logic.

Thomas Huxley

The guiding motto in the life of every natural philosopher should be: Seek simplicity and distrust it.

Alfred North Whitehead

Das Wissen nimmt nicht nur durch äußere Aufsammlung zu, sondern es vereinfacht auch. Dieses Vereinfachen hat nie ein Ende.

Karl Jaspers

Die Wissenschaft führt zum Wissen,
die Einbildung zum Nichtwissen.

Hippokrates

Schöpferischer Geist entwickelt sich am besten dort, wo man dem Schöpferischen Achtung entgegenbringt.

Hans Selye

Wenn wir über Revolutionen in der Wissenschaft sprechen, so ist es wichtig, sich diese Revolutionen sehr genau anzuschauen.

Werner Heisenberg

Die Wissenschaft kommt nur im Zottelschritt vom Fleck. Aber wo bliebe ihr unvergänglicher Reiz, wenn man mit einem Sprung am Ende aller Weisheit stünde.

Karl von Frisch

Ich habe den Weg zur Wissenschaft gemacht wie Hunde, die mit ihren Herrn spazieren gehen, hundertmal dasselbe vorwärts und rückwärts, und als ich ankam war ich müde.

Georg Christoph Lichtenberg

Jeder Fortschritt in der Wissenschaft beginnt damit, daß irgendeiner in einer Überzeugung ein Vorurteil vermutet.

Karl Heinrich Bauer

Die Geschichte einer Wissenschaft ist die Wissenschaft selbst.

Johann Wolfgang von Goethe

Die Geschichte der Naturwissenschaft ist die eigentliche Geschichte der Menschheit.

Emil Du Bois-Reymond

Im Lichte bereits erlangter Erkenntnis scheint das glücklich Erreichte fast wie selbstverständlich.

Albert Einstein

Ein Mensch bleibt weise, solang er die Weisheit sucht; sobald er sie gefunden zu haben wähnt, wird er ein Narr.

Talmud

Der Zweifel ist der Beginn der Wissenschaft. Wer nichts anzweifelt, prüft nichts. Wer nichts prüft, entdeckt nichts. Wer nichts entdeckt, ist blind und bleibt blind.

Pierre Teilhard de Chardin

Wissen ohne Ordnung ist Hausrat auf einem Leiterwagen.

Konrad Lorenz

Die Wissenschaft lebt nur aus ihrer eigenen Überholung.

Carl Zuckmayer

Eine wissenschaftliche Revolution ersetzt ein Paradigma durch ein anderes.

Carl Friedrich von Weizsäcker

Ihrer wahren Wesensbestimmung nach ist die Wissenschaft das Studium der Schönheit der Welt.

Simone Weil

Wenn das Weltall ein Gedankenweltall ist, dann muß seine Schöpfung ein Denkakt gewesen sein.

James Jeans

There is grandeur in this view of life ...

Die letzten Worte in Charles Darwins „Origin of Species"

Die Ansicht über Anschaulichkeit ist eine Funktion der Zeit.

Albert Einstein

Der Anfang aller Weisheit ist Verwunderung.

Aristoteles

Das aus Beobachtung entstehende Wissen ist höchst unzulänglich; aber es ist zuverlässig.

Alexis Carrel

Wissen ist wie ein Baum; je größer und je verzweigter er ist, um so ausgeprägter ist sein Kontakt mit dem Unbekannten.

Blaise Pascal

Unser Wissen ist ein Tropfen, was wir nicht wissen, ist ein Ozean.

Isaac Newton

Die Wissenschaft fängt eigentlich erst da an interessant zu werden, wo sie aufhört.

Justus von Liebig

Wer das Wissen vermehrt, vermehrt den Schmerz. Denn je mächtiger das Erkennen, um so mächtiger ist auch der Zweifel.

Reinhold Schneider

Wissen nennen wir jenen kleinen Teil der Unwissenheit, den wir geordnet und klassifiziert haben.

Ambrose Bierce

Die Wissenschaft ist die Ortsbeschreibung der Unwissenheit.

Oliver Wendell Holmes

Wir können davon ausgehen, daß wir erst dann verstehen werden, wie einfach das Universum ist, wenn wir zur Kenntnis genommen haben, wie eigenartig es ist.

John Archibald Wheeler

Auch Wissenschaft kann ins Unkraut schießen, ohne Früchte zu tragen.

Georg Christoph Lichtenberg

Eigentlich weiß man nur, wenn man wenig weiß; mit dem Wissen wächst auch der Zweifel.

Johann Wolfgang von Goethe

Die Ignoranz bleibt nicht hinter der Wissenschaft zurück. Sie wächst genauso atemberaubend wie diese.

Stanislaw Jerzy Lec

Die Wissenschaft, richtig verstanden, heilt den Menschen von seinem Stolz; denn sie zeigt ihm seine Grenzen.

Albert Schweitzer

Wir müssen aber den Bereich der Dinge erweitern und wissen, daß die Welt und alles, was wir in ihrem Umkreis sehen und greifen, nur die eine Hälfte der Welt ist.

Paracelsus

Was nützt uns die Übersicht über Dinge, die wir doch nicht durchschauen.

Elazar Benyoetz

I cannot give any scientist of any age better advice than this: the intensity of conviction that a hypothesis is true has no bearing over whether it is true or not.

Peter Brian Medawar

Plato hat alle grundlegenden Fragen gestellt – ohne sie zu beantworten.

Alfred North Whitehead

Science is facts; just as houses are made of stones, so is science made of facts; but a pile of stones is not a house and a collection of facts is not necessarily science.

Henri Poincaré

Der Baum des Wissens ist nicht der des Lebens.

George Byron

Wissenschaft wird von Menschen gemacht.

Werner Heisenberg

Science is an imaginative adventure of the mind seeking truth in a world of mystery.

Cyril Hinshelwood

Die Physik erklärt die Geheimnisse der Natur nicht, sie führt sie auf tieferliegende Geheimnisse zurück.

Carl Friedrich von Weizsäcker

Bewußtsein einer Tatsache ist nicht das gleiche wie ihre Kenntnis.

Bernard Shaw

Je mehr „wir" wissen, um so weniger weiß der einzelne Mensch.

Erwin Chargaff

Die Wissenschaft hat etwas Faszinierendes. Man geht von einer Masse unbedeutender Fakten aus und gelangt zu einer Unmenge vager Vermutungen.

Mark Twain

Es ist nicht nur gewiß, daß wir vieles nicht wissen, sondern auch vieles nie wissen werden.

Emil Du Bois-Reymond

Die Grenze ist der eigentliche Ort der Erkenntnis.

Paul Tillich

Die Wissenschaftler bemühen sich, das Unmögliche möglich zu machen. Die Politiker bemühen sich oft, das Mögliche unmöglich zu machen.

Bertrand Russell

Darin besteht das Wesen der Wissenschaft. Zuerst denkt man an etwas, das wahr sein könnte – und dann sieht man nach, ob es der Fall ist, und im allgemeinen ist es nicht der Fall.

Bertrand Russell

Das schönste Glück des denkenden Menschen ist, das Erforschliche erforscht zu haben und das Unerforschliche ruhig zu verehren.

Johann Wolfgang von Goethe

Jeder sieht die Grenzen seines Gesichtsfeldes als die Grenzen der Welt an.

Arthur Schopenhauer

Die Welt, die wir erkennen, ist niemals ein Ganzes.

Max Born

Die Wissenschaft sucht Antwort auf die ersten Fragen der Gründe des Entstehens, nicht auf die letzten Fragen über Sinn und Ziel und Zweck; sie fragt nach Sein und nicht nach Sollen.

Hubert Markl

Phantasie ist wichtiger als Wissen.

Albert Einstein

In der Unwissenheit ist der Mensch bei sich zu Hause, in seiner Heimat; in der Wissenschaft in der Fremde.

Ludwig Feuerbach

Wenn kein Gott existierte, müßte man ihn erfinden; doch er existiert. Die ganze Natur ruft es uns zu.

François Marie Voltaire

Die Naturwissenschaft braucht der Mensch zum Erkennen, die Religion braucht er zum Handeln ..., weil wir mit unseren Willensentscheidungen nicht warten können, bis die Erkenntnisse vollständig und bis wir allwissend geworden sind.

Max Planck

Man muß von dem Grundsatz ausgehen,
daß Wissen und Glauben nicht dazu da sind,
einander aufzuheben, sondern einander
zu ergänzen.

Johann Wolfgang von Goethe

Zweifel und Neugierde sind die Triebkräfte der Forschung. Glaube und Demut sind die bewegenden Kräfte der Religion.

Albert Einstein

Gott ist raffiniert, aber boshaft ist er nicht.

Albert Einstein

Gott würfelt nicht.

Albert Einstein

Die tiefste Erfahrung des Menschen ist nicht der Mensch, sondern Gott.

Carl Friedrich von Weizsäcker

Phantasie bedeutet eine bescheidene Teilhabe an der Art, wie der liebe Gott die Welt sieht: von oben her und frei!

Eduard Spranger

Leider gibt es zu viele Denker, die nicht beten, und zu viele Beter, die nicht denken.

Werner Heisenberg

Gott gibt die Nüsse, aber er beißt sie nicht auf.

Johann Wolfgang von Goethe

Die Natur verbirgt Gott! Aber nicht jedem.

Johann Wolfgang von Goethe

Die wahre Naturwissenschaft schließt sowohl den Unglauben wie den Aberglauben aus.

Hans Christian Oerstedt

Die Naturwissenschaft ohne Religion ist lahm, die Religion ohne Naturwissenschaft aber ist blind.

Albert Einstein

Physik treiben heißt hinter dem Schöpfungsakt Gottes hinterhersehen.

Walther Nernst

Wir beugen uns in Demut vor dem Übergroßen, vor dem Übermächtigen, dem ewig Unsichtbaren, dem niemals Erfaßlichen.

Max von Laue

Gott steht für den Gläubigen am Anfang, für den Physiker am Ende alles Denkens.

Max Planck

Im unbegreiflichen Weltall offenbart sich eine grenzenlos überlegene Vernunft.

Albert Einstein

Durch bessere Einsicht in die Natur lernen wir auch den Gott der Natur besser kennen und die Rolle, die wir in dem Drama der kosmischen Welt spielen.

Arthur H. Compton

Alle Natur ist für uns belebt, ist von göttlichem Geist, von Gesetz, von Notwendigkeit durchdrungen. Wir lernen keine Materie ohne diesen göttlichen Geist, keinen Geist ohne Materie.

Ernst Haeckel

Gewiß ist der Mensch völlig verrückt;
er kann keinen Wurm machen, aber Götter
macht er dutzendweise.

Montaigne

Ob man ihn einlädt oder nicht, Gott ist immer dabei.

Carl Gustav Jung

When Nature has work to be done, she creates a genius to do it.

Ralph Waldo Emerson

Wer Wissenschaft treibt, bereitet unabsehbare Folgen vor.

Alexander von Humboldt

Ich habe schon früh entdeckt, daß ein Wissenschaftler die Welt stärker verändern kann als Cäsar. Und während man das tut, kann man ruhig in einer Ecke sitzen.

Max Delbrück

Nichts in der Welt wird so gefürchtet wie der Einfluß von Männern, die geistig unabhängig sind.

Albert Einstein

Mir tut es manchmal weh, wenn ein Mann von Talent stirbt, denn die Welt hat dergleichen nötiger als der Himmel.

Georg Christoph Lichtenberg

Nicht jede Zeit findet ihren großen Mann, und nicht jede große Fähigkeit findet ihre Zeit.

Jacob Burckhardt

Es gibt keinen größeren Trost für die Mittelmäßigkeit, als daß das Genie nicht unsterblich sei.

Johann Wolfgang von Goethe

Genie besteht immer darin, daß einem etwas Selbstverständliches zum erstenmal einfällt.

Hermann Bahr

Der schöpferische Wissenschaftler lebt der Augenblicke der Entdeckung wegen.

Linus Pauling

Die höchste Form der Individualität ist die Kreativität.

Gerhard Uhlenbruck

Das Wertvollste im Leben ist die Entfaltung der Persönlichkeit und ihrer schöpferischen Kräfte.

Albert Einstein

Auch was wir am meisten sind, sind wir nicht immer.

Marie von Ebner-Eschenbach

Keines Menschen Wissen hier reicht über seine Erfahrung hinaus.

John Locke

A science which hesitates to forget its founders is lost.

Alfred North Whitehead

Der Wissenschaftler nimmt gemeinsam mit anderen an der Schaffung eines kollektiven Monuments teil; sein Beitrag – das sind einige Steine und etwas Beton.

Léon Brillouin

Gute Wissenschaftler beschäftigen sich mit den wichtigsten Problemen, von denen sie glauben, daß sie sie lösen können.

Peter Brian Medawar

The art of being wise is the art of knowing what to overlook.

William James

Wissenschaftler sind wie Spechte: Sie prüfen immer und überall, ob irgendwo der Wurm drin ist.

Gerhard Uhlenbruck

Der gesunde Gelehrte, der Mann, bei dem Nachdenken keine Krankheit ist.

Georg Christoph Lichtenberg

Die Schlauen verachten die Gelehrsamkeit, Einfältige bewundern sie, und die Klugen nützen sie.

Francis Bacon

Scientists do not read the book of Nature.
They write it.

Christian de Duve

Die Tinte des Gelehrten ist heiliger als das Blut des Märtyrers.

Altes arabisches Sprichwort

If a little knowledge is dangerous, where is the man who has so much as to be out of danger?

Thomas Huxley

It is not his possession of knowledge,
or irrefutable truth, that makes the man of science, but his persistent and critical quest for truth.

Karl Popper

Wissenschaftler sind eitel, sie lieben die Anerkennung, sie sind nicht immun gegen die Freuden des Ruhms; von WEM sie aber anerkannt werden wollen, und für WAS sie berühmt sein möchten, darin sind sie sehr wählerisch.

Hans Selye

Ich kann an einem Tag tausend adeln und zu Rittern machen; aber so mächtig bin ich nicht, daß ich in tausend Jahren einen Gelehrten machen könnte.

Kaiser Sigismund

Alles, was im Weltall existiert, ist die Frucht von Zufall und Notwendigkeit.

Demokrit

Die zwei größten Tyrannen der Erde: der Zufall und die Zeit.

Johann Gottfried von Herder

Glück ist meistens nur ein Sammelbegriff für Tüchtigkeit, Klugheit, Fleiß und Beharrlichkeit.

Charles F. Kettering

Der Mensch muß das Gute und Große wollen. Das Übrige hängt vom Schicksal ab.

Alexander von Humboldt

Je planmäßiger die Menschen vorgehen, desto wirksamer trifft sie der Zufall.

Friedrich Dürrenmatt

Das Glück begünstigt den aufnahmebereiten Geist.

Louis Pasteur

Ein Bogenschütze soll nicht hin und wieder treffen, sondern hin und wieder danebenschießen.

Lucius Annaeus Seneca

Results! Why, man, I have gotten a lot of results. I know several thousand things that won't work.

Thomas Alva Edison

Ich habe nicht mehr Glück als Sie, aber ich probiere mehr als Sie!

Adolf von Baeyer

A wise man will make more opportunities than he finds.

Francis Bacon

Planen heißt, den Zufall durch den Irrtum zu ersetzen.

Anonym

In den Naturwissenschaften kommt dem Zufall nur die Rolle eines Zeitfaktors zu.

Otto Bayer

Niels Bohr auf die Frage nach einem Hufeisen über der Tür seiner Skihütte: „Selbstverständlich glaube ich als Naturwissenschaftler nicht daran; aber ich habe mir versichern lassen, daß Hufeisen auch dann wirken, wenn man nicht an sie glaubt."

Niels Bohr

Eine Zufalls-Beobachtung kann in der Tat jeder machen. Aber von ihr bis zu einer großen Ahnung, daß etwas Bedeutsames dahintersteckt, ist ein großer Schritt, und ein noch größerer von dieser Ahnung bis zur klaren wissenschaftlichen Erkenntnis, was dieses Etwas ist.

Max von Laue

Free will is to mind as chance is to matter.

Charles Darwin

Vorhersagen sind immer schwierig, insbesondere wenn sie die Zukunft betreffen.

Niels Bohr

I never think of the future. It comes soon enough.

Albert Einstein

Wir alle sollten uns um die Zukunft sorgen, denn wir werden den Rest unseres Lebens dort verbringen.

Charles F. Kettering

Die größtmögliche Ordnung ist das wahrscheinlichste Ende.

George Boole

Die Welt der Zukunft wird einen immer anstrengenderen Kampf gegen die Grenzen unserer Intelligenz bringen.

Norbert Wiener

Die Zukunft soll man nicht voraussehen wollen, sondern möglich machen.

Antoine de Saint-Exupéry

Alles Schöpferische ist unvoraussehbar.

Karl Jaspers

Prophezeien sollten nur Mathematiker.

Louis de Broglie

Die Reiche der Zukunft sind die Reiche des Geistes.

Winston Churchill

Die Zeit wird kommen, wo unsere Nachkommen sich wundern, daß wir so offenbare Dinge nicht gewußt haben.

Lucius A. Seneca

Was wir heute tun, entscheidet, wie die Welt morgen aussieht.

Boris Pasternak

Der Mensch steht vor der Aufgabe, eine Welt zu schaffen, die es noch nie gab und die daher keiner kennt.

Hubert Markl

Ich bin ein Mann, dessen unbesiegbarer Glaube es ist, daß Wissenschaft und Frieden über Ignoranz und Krieg triumphieren werden; daß die Zukunft dem gehört, der am meisten für die leidende Menschheit getan hat.

Louis Pasteur

Within a finite period of time past, the earth must have been, and within a finite period of time to come the earth must again be, unfit for the habitation of man.

Lord Kelvin

Die Zukunft läßt sich nicht voraussagen, weil wir nicht wissen, was wir wissen werden.

Karl Popper

Das Notwendigste, was die Welt braucht, um glücklich zu werden, ist Einsicht.

Bertrand Russell

Ein Optimist ist ein Mensch, der glaubt, daß die Zukunft ungewiß ist.

Edward Teller

Ich kann freilich nicht sagen, ob es besser werden wird, wenn es anders wird; aber soviel kann ich sagen, es muß anders werden, wenn es gut werden soll.

Georg Christoph Lichtenberg

Nur weil wir die Gegenwart nicht recht zu erklären und zu erfassen verstehen, bemühen wir uns geistreich um die Einsicht in die Zukunft.

Blaise Pascal

Mit dem Buch ist's nun genug.
Jetzt will ich nichts mehr sagen.
Geben auch Sie sich zufrieden!

Michel de Montaigne

Bauer, K.-H. (Hrsg.), (1972):
Aphorismen und Zitate für Chirurgen.
Springer-Verlag, Berlin/Heidelberg/New York.

Bolander, D. O. (Hrsg.), (1984):
Instant Quotation Dictionary. Career Publishing.
Little Falks, New Jersey.

Cohen, I. M., Cohan M. I. (Hrsg.), (1971):
The Penguin Dictionary of Modern Quotations.
Penguin Books Ltd., Harmondsworth, England.

Fieguth, G. (Hrsg.), (1978):
Deutsche Aphorismen. Philipp Reclam jun., Stuttgart.

Gross, J. (Hrsg.), (1983):
The Oxford Book of Aphorisms.
Oxford University Press, Oxford, New York.

Kirchberger, J. H. (Hrsg.), (1977):
Das große Krüger Zitatenbuch.
Wolfgang Krüger Verlag, Frankfurt a. M.

Kleinworth, D. (Hrsg.), (1984):
Zurück zur Natur. W. Heyne Verlag, München.

Lichtenberg, G. C.:
Aphorismen. Rychner, M. (Hrsg.), (1958).
Manesse Verlag, Zürich.

Lichtenberg, G. C.:
Aphorismen – Schriften – Briefe. Promies, W., Promies, B. (Hrsg.), (1974).
Carl Hanser Verlag, München.

Lichtenberg, G. C.:
Aphoristisches zwischen Physik und Dichtung. Teichmann, J. (Hrsg.), (1983). Vieweg Verlag, Braunschweig/Wiesbaden.

Palmer, B. I. (Hrsg.), (1981):
The Concise Oxford Dictionary of Quotations. Oxford University Press. Oxford, New York.

Peltzer, K., v. Normann, R. (Hrsg.), (1979):
Das treffende Zitat. Ott Verlag, Thun.

Peter, L. J. (Hrsg.), (1977):
Peter's Quotations. Bantam Books, New York.

Schmitt, W. (Hrsg.), (1986):
Aphorismen, Sentenzen und anderes – nicht nur für Mediziner. Verlag J. A. Barth, Leipzig.

Strick. M., Hoßfeld, P. (Hrsg.), (1985):
Wissenschaft im Zitat. Verlag Werner Dausien, Hanau.

Uhlenbruck, G., Skupy, H.-H. (Hrsg.), (1980):
Der Mensch und sein Arzt. Ott Verlag, Thun.

Die Alchemisten haben bei ihrer vergeblichen Suche nach dem „Stein der Weisen" doch manches Brauchbare gefunden. Nicht nur Handfestes, wie das Porzellan, vor allem auch Methodisches. Das wichtigste war wohl die Entwicklung der „Zeichen-Sprache". Zunächst aus Geheimbündelei eingeführt, entstand aus ihr schließlich die Weltsprache der Formeln, in der Naturwissenschaftler ihre Ergebnisse und ihr Denken niederlegen. Aber so, wie bei einer Mitteilung das Interessanteste zwischen den Zeilen stehen kann, so findet man bei ihnen oft Faszinierendes zwischen den Zeichen. Aus diesem Grunde wurde jedem Kapitel symbolhaft ein alchemistisches Zeichen zugeordnet. Die Zusammenstellung ist dem Buch entnommen:
W. Schneider, Lexikon alchemistisch-pharmazeutischer Symbole, Verlag Chemie, 1962.

Zu Pulver zerstoßen	Essig	Kupfer	Alaun

Spiesglanz	Aquavit	Silber	Queck-Silber

Kupfer-Vitriol	Saiten-Gold	Borar	Gold

Campher	Vitriol	Bleiweis	Stahl

Pottasche	Zinnober	Essenz	Zinn

 Blut-Stein	 Wismuth	 Eisen	 Honig
 Messing	 Blei-Oel	 Vitriol-Oel	 Blei
 Retorte	 Salmiak	 Kuchen-Salz	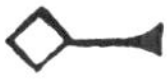 Stein-Salz
 Weinstein	 Brandwein	 Schwefel	 Weinstein
 Kupfer	 Essig	 Grünspan	 Vitriol

Prof. Dr. H.-J. Quadbeck-Seeger
Heinrich-Bärmann-Straße 5
D-6720 Bad Dürkheim

CIP-Titelaufnahme der Deutschen Bibliothek

Quadbeck-Seeger, Hans-Jürgen:
Zwischen den Zeichen : Aphorismen über u. aus Natur u. Wiss. / Hans-Jürgen Quadbeck-Seeger. – Weinheim : VCH, 1988
ISBN 3-527-26857-X

Herstellerische Betreuung: Peter J. Biel
Satz: Mitterweger Werksatz GmbH, 6831 Plankstadt
Druck: Betz-Druck GmbH, D-6100 Darmstadt
Buchbinder: Verlagsbuchbinderei Georg Kränkl, D-6148 Heppenheim
Printed in the Federal Republic of Germany